前度旅行

陳煩@tbc...

Departure

HONG KONG

Flight CX293 | Boarding 1:30 am

Day 1

Destination

ROME ITALY

Flight CX293 | Arrival 8:10 pm

各位女士、先生，歡迎乘搭本航空，本班機將由香港開往意大利羅馬，預計飛行時間為12小時20分鐘。乘務員會竭誠為您提供周到的服務，祝各位有個愉快旅程。

座艙長的廣播尚未完結，機艙已經響起嬰兒嚎啕的哭聲，任嬰兒的母親如何安撫也無阻小傢伙喊破喉嚨，周邊的乘客不是皺起眉頭就是戴上耳塞——在長途飛機上的小孩子，比氣流更讓人擔心。

夏晴從手提行李中翻出一支如食指大小的藥膏，探身遞向相隔一條走道的母子：「這是薰衣草香膏，可以試試塗抹在小孩的人中，有鎮靜寧神的作用。」

那母親連忙謝過，坐在夏晴旁邊的溫日禾探頭道：「是她親手造的，純天然，可以放心。」說罷向孩子扮了個生硬的鬼臉，可是他絲毫不買帳，還是張著小嘴乾哭，把臉都憋得通紅了。

這時一個高大的男生從商務艙板著臉走過來，那母親小聲道歉：「不好意思，小孩子第一次坐飛機，哭鬧得要緊——」

「我跟你交換位子，那邊空間較寬敞，可以讓他躺下來睡。」

「交換？那不是商務艙嗎？」

「嗯。」男生已經一屁股坐了在兩母子的位子上。

夏晴定定地看著這場不期而遇的發生，分手之後，她幻想過一千種再見的可能，可是五年以來，卻沒有任何一次成真。

她曾經以為愛情最遠的距離，是由猖狂的思念，到極端的憎恨，後來她知道，憎恨的下一個階段，叫小心輕放，塵封勿動。

林睿冬發覺有人在看他，一轉過臉來，就對上了夏晴的眼睛。

時間在三萬尺高空中以非線性的軌跡滑行，只消一個眼神，上鎖的記憶就解除了封印。

「你們認識嗎？」溫日禾替兩母子把手提行李搬到商務艙，甫回來就看見兩人怔怔的神情。

「我們從前是大學同學……」夏晴脫口而出解釋，她也說不上來為甚麼自己要這樣避嫌，只是他們的確曾經是大學同學，也不算是說謊。

曾經，這個詞也許就是痛苦的開始。

溫日禾伸出手來：「Nice to meet you! 我是阿晴的男朋友，叫我阿禾就行了。」

林睿冬上下打量了阿禾一遍，擱下正在翻看的小說，也伸出手來自我介紹：「林睿冬。」

「你也喜歡這本小說嗎？我剛好在這家出版社當版權代理，這本書養活了我們呢。」阿禾托托眼鏡笑說。

「老實說，不喜歡。」林睿冬不卑不亢地說：「我只是想看看為甚麼這樣流行。」

阿禾並不感到冒犯，依然和顏悅色道：「那你有結論嗎？」

「搞不懂，而且我認識這個作者，她以前不是寫這種東西的。」他的神情既惋惜又不屑。

「睿冬？」

三人循聲線看去，只見一個穿空姐制服的女生走來：「我不是替你升級了 Business Class 嗎？怎麼你坐在這裡？」

「坐我旁邊的西裝男說，幸好他口袋夠深，不然擠在經濟艙就得忍受屁孩的哭聲。還說窮人就別帶孩子旅行，所以我把位子讓給那對母子，讓屁孩在他耳邊哭去。」

空姐聽了笑得花枝亂顫：「那是 Diamond Club 的張總，出了名難纏，每次上機要是哪個 Cabin Crew 不跟他打招呼，他就會向總公司投訴。」

她發現旁邊有兩位乘客一直瞧著這邊，才想到自己是否失言了，阿禾會意地道：「沒關係，We are on the same boat.」

「Same plane.」她含笑道：「你們是睿冬的朋友？」

「以前大學同學。」林睿冬簡潔回答，夏晴分不清他是報復她的說法，還是心底裡也不想在空姐女友面前坦白。

「Nice to see you! 我是 Amber，」她問道：「你們是歐遊還是只去意大利？」

「其實是我臨時要代表公司參加一個酒會，前後有幾天時間，就順道來旅行，不過決定得倉促，所以還沒有定行程。」阿禾解釋道。

「那我們四個人一起旅行好嗎？」

Amber提出這個建議時，不但讓夏晴和阿禾驚訝，連平常總是一臉愛理不理的林睿冬也傻了眼。

「睿冬是導遊，有他在你們就不愁行程了，加上我有特價機票，所以我們平常就已經到處飛，除非你們想二人世界啦，否則多些人更好玩嘛！」

阿禾低頭在夏晴耳邊說：「你決定就好。」

阿禾這個人甚麼都好，就是性子軟，別人將他搓圓按扁也沒所謂，夏晴感到很為難，要是直接拒絕的話未免太尷尬，至少得想個說法……

「一起來吧，如果之後想分開也可以。」林睿冬居然同意了。

夏晴猜不透他的想法，只能點頭說好。

她最不擅長的事情，便是拒絕林睿冬。

「那我先去工作了，下機後會合吧。」

Amber回去機艙廚房準備餐車後，林睿冬便沒有再說話，只自顧自地翻看椅背上的免稅商品目錄。他的側臉依然耐看，如刀刻般分明的輪廓，卻鑲嵌了一雙明亮俊秀的眼睛，夏晴曾經在他的眼裡看過星辰大海。

那是九年前的事了。

每年的公開考試，正值春暖花開的時節，可是趕赴考場的學生卻無暇細賞城市僅餘的明媚景致。而夏晴當時前去應考的，是最後一科的中文口試。

在報到室等候時，夏晴已經留意到那個長得高大俊俏的男生，最奇特的是，他居然留了鬍子，在一群土頭土腦的中七學生中，著實惹人注目。

夏晴的筆試成績向來良好，只是口語考試是她的弱項，她在心裡暗暗祈禱，千萬不要與這個標奇立異的人分到同一組，看他滿臉的不在乎，天知道他會不會故意搗亂，讓全組的分數也遭殃。

也許是應驗了墨菲定律吧，在小組討論的環節，夏晴果真被分派到鬍子男生那一組。

小組討論的題目是「一夫一妻制應否取消」，四個小組成員中，連同夏晴在內的三人都認為應該保留這種婚姻制度，只有最後發言的鬍子男生力排眾議，主張取消。

「從生物學的角度，雄性的本能是盡可能地繁衍後代，所以一夫一妻的婚姻制度只是人類妄自制定的牢籠，有違動物天性。」鬍子男生以一敵三，還是泰然自若。

「要不是有一夫一妻的制度，你知不知道我們女生寧可做孔劉的第一百個妾侍，也不願做你唯一的妻子！」二號考生是個梳馬尾穿校服的女生，夏晴也聽聞過穿校服來應試可增加考官印象分的說法，只是她這種毫無水準的人身攻擊，就算考官沒有從網上看過這則流傳已久的笑話，估計也不會欣賞這個論點。

「婚姻是兩個人神聖而莊嚴的締結，而淫念是天父爸爸所不容許的，也是七宗罪的其中之一……」另一個戴著厚重鏡片的四眼男捉錯用神，完全誤解了題旨，估計他的分數也是凶多吉少。

沒有隊友支援，夏晴只能靠自己了：「我補充一下剛才二號同學的說法，要是男女比例相若，一旦社會裡有一大群男人選擇多妻，可供迎娶的女士便會減少，導致條件較低的男士可能找不到伴侶，長遠而言或會令社會結構不穩。」

「我只是支持取消一夫一妻制，並不是主張一夫多妻制，我認為不論男女都有選擇的自由和權利，例如像一號同學你這樣漂亮的女生，也可以考慮一妻多夫，不必受制於社會框架呀。」

夏晴沒料到他居然會在這種情況下稱讚她，霎時刷紅了臉，鬍子男生瞥了她一眼，一張撲克臉居然隱隱牽了笑意，夏晴由羞轉惱，這個素未謀面的男人是在說我人盡可夫嗎？

夏晴和鬍子男生由此展開一波又一波辯論，直至計時器嗶嗶響起，討論環節完結。當四眼男和校服女還恭恭敬敬地向考官道別時，鬍子男生已從座位上站起來，第一個離開了班房。

放榜那天，夏晴最無把握的口語竟奪了個A，想起來還得感謝鬍子男生，激發了她好辯的心，不知道他考了個怎樣的分數？

夏晴以十拿九穩的成績考入了翻譯系，開學不久，在一堂電影賞析的選修課上，她重遇了鬍子男生，並且知道了他的名字叫林睿冬。

「請問小姐你想吃雞還是魚？」

空姐的聲音打斷了夏晴的回憶，她還未回過神來，一臉懵懂地盯著餐車看。阿禾見狀向空姐要了一盒咖喱雞飯和一盒煙三文魚意粉：「兩款都有，你不用選。」

夏晴向來感激阿禾的體貼，只是這刻卻莫名感到彆扭。她瞧向林睿冬，只見他戴上了耳機，一邊吃著飛機餐裡的甜點，一邊盯著椅背電視上播放的電影，這場重遇，似乎不是他在意的事情。

林睿冬胃口雖小，卻非常愛吃甜品，而且他是那種會把最喜歡的首先吃掉的人，夏晴卻是典型的「後享樂主義者」，也許從一開始，他們就不是同一個步伐。

心理學家 Walter Mischel 曾做過一項實驗，他將小朋友帶進實驗室裡，給他們每人一顆棉花糖後，表示自己要離開十五分鐘，當他回來時，若果哪個小朋友沒吃掉棉花糖，就會再獎賞他多一顆。

有些小朋友難抵甜食誘惑，有些則成功忍住了口饞，隨著年歲增長，Walter Mischel 發現當初選擇「延遲享樂」的孩子擁有較高的成就。可是在愛情中，自律地把慾望壓抑的人，真的會較及時行樂更幸福嗎？

林睿冬正在看的電影是《玻璃之城》，一九九八年發行的片子，他們卻在二〇一〇的秋天才認識。

在電影賞析課上，夏晴一眼就認出了林睿冬，可是林睿冬卻沒把她認出來，連眼尾餘光也沒朝她看一眼。

反正我對這個人也沒甚麼好感。夏晴在心裡嘀咕道。

第一堂課過了二十分鐘之後，頂著一個亮晃晃光頭的導師才姍姍來遲，他一開口就侃侃而談自己以前在電影圈打滾的種種逸事，明眼人聽來就知道他是在趁機吹噓自己而已。

在他用了大半堂時間個人表演之後，接下來他派發了一份長長的電影清單，讓同學兩人一組，由下堂開始輪流自選電影來匯報，他煞有介事地補充道：「學電影是沒有捷徑的，同學們現階段沒法體驗我所體驗過的，所以你們要將勤補拙，不斷地看。」

那麼等於宣告，他這個學期打算讓學生自生自滅了。

林睿冬把電影清單傳給夏晴時說：「喂，要不要再跟我一組？」

他用了一個「再」字，可見原來一早就認出了夏晴，她不甘示弱：

「為甚麼我要跟你一組？」

「因為我想跟你一組。」

林睿冬說時臉不紅氣不喘，既不是請求，也不是挑逗，就似是陳述一件理所當然的事。

夏晴後來才明白，林睿冬永遠會把自己的意願視作理所當然，而她總是無法拒絕。

為了準備報告，林睿冬約了夏晴週末到他的宿舍看電影。

夏晴後來才打聽到這堂課是有名的地雷，那講師以光可鑑人的禿頭及無能著稱。其實一般這種新生資訊，只要出席了迎新營的學生都略有所聞，只是夏晴那時因病而缺席，而林睿冬則是懶得參加，所以兩人才不約而同報讀了這一科。

星期日的學生宿舍十分清靜，九月的秋陽從窗外穿過枝葉竄進室內，日暖風輕。

夏晴看林睿冬素日都是一臉鬍子，穿衣隨便的樣子，進到他的房間，卻是意想不到的整潔井然。

「我室友回家了，你隨便坐。」

「為甚麼你不回家？」夏晴隨口問。

林睿冬彷彿聽不到這個問題，只從那一長串的片單中，選了由黎明和舒淇主演的《玻璃之城》。

「為甚麼？」片單中那麼多響噹噹的名字，夏晴想不明白為甚麼他會選這部十多年前的港產片。

「你一定凡事都要問為甚麼嗎？」林睿冬反問她。

夏晴就知道他剛才是故意無視她的，還未想到如何反擊，林睿冬就解釋：「名單上的電影我大多看過了，而且這些大名鼎鼎的片子，任誰也列得出來吧。相反這是名單裡唯一的港產片，我想是那禿頭講師真心推薦的。」

電影的時代背景橫跨70至90年代，講述兩個香港大學舊生的婚外情故事。

電影一開場，就是一九九七年除夕，由黎明飾演的港生和舒琪飾演的韻文在倫敦趕赴跨年倒數時遇上車禍身亡，他們兩人的子女在處理父母遺物時，才把二人相識、相戀、分開再重遇的片段，一點一點地拼湊起來。

港生與韻文在香港大學宿舍認識，那年頭，能入讀港大的都是天之驕子。後來港生因參加保釣運動而被逮捕，天之驕子一夜成了階下囚。出獄後礙於現實生活，港生決定去法國半工讀，兩人天各一方，愛情逐漸降溫，後來的後來，港生與韻文終於分開，各自另組家庭。

一九九六年，回歸在即，港生和韻文在香港的普通話班裡重逢。年輕時的遺憾，成了今日的乾柴烈火。在港生對韻文唱了一曲《Try to remember》後，兩個人重回過去相愛的時光，他們瞞著另一半，在大學附近買房子，養寵物，一起學開飛機，一起過著歉疚的人生。

遺物中有個手掌型雕塑，是多年前港生離開香港時，送給韻文的禮物，手掌上面密密麻麻寫滿韻文的英文名字。港生是這樣對韻文說的：

「我的生命線、事業線、愛情線，全都是用你的名字寫成。」

電影完結，黎明的歌聲還迴蕩在整個學生宿舍：

Try to remember the kind of September
When life was slow and oh so mellow
Try to remember the kind of September
When grass was green and grain so yellow
Try to remember the kind of September
When you were a young and a callow fellow

Try to remember and if you remember

Then follow, follow...

夏晴放輕動作，擤著通紅的鼻子，她不想在這個男生面前失儀，可是卻無法控制自己的淚腺。

林睿冬始終盯著畫面上的製作名單，沒轉過頭來，然後沒頭沒腦地說：「我們來創作一部電影。」

夏晴明白，林睿冬刻意迴避自己通紅的眼眶，大概是兩人認識以來，他最體貼的舉動了。

「你是指將來拍電影？」

「不是將來，是現在，不是拍，是創作。」林睿冬解釋道：「那禿頭導師叫我們自選電影匯報，又沒説一定要從名單裡挑，我們創作一個不存在的電影，在課堂上分析，看他會不會識穿。」

夏晴從來不是個膽大妄為的人，可是這刻她想也不想就同意這個瘋狂計劃。也許因為她不想在林睿冬面前膽怯退縮，又或是，在生命中總會遇到一個人，讓女生甘願去冒一次險。

自那天起，夏晴每天課後都跟林睿冬在學生餐廳聊電影，那些被冠以「頹飯」之稱的學生伙食，兩人已經通通吃了一遍。

每次離開前，他們都會在小賣部買兩杯雪糕邊走邊吃，雪糕溶化的速度愈來愈慢，冬天的腳步愈來愈近了。

林睿冬會把夏晴送到小巴站，每一次小巴駛離時，夏晴都會從車窗往後望，可是林睿冬從來沒有停下來目送她離開，他不是那種會在背後守護的角色。

最後他們創作了一個不諳泳術的水手曲折離奇的尋親故事，在課堂上説得繪聲繪色，末了林睿冬還向禿頭導師說了一句：「這部電影在香港沒甚麼人認識，但是在南美洲卻是無人不曉的國民電影，想必老師你一定也看過了對吧？」

那禿頭導師托了托眼鏡道：「那當然。」

學期末，禿頭導師給兩人打了個A。

Day 1

我們即將降落菲烏米奇諾機場，感謝各位選搭本航班，祝閣下有個愉快旅程。

夏晴靠在阿禾的肩膀，迷迷糊糊地睡了一覺淺眠，夢中較年輕較莽撞的她卻私自翻開了記憶的皺摺。

飛機緩緩降落跑道，這趟前度旅行正式開始了。

「等了很久嗎？」Amber 拉著行李箱過來，挽起林睿冬的手臂問道：「大家想去哪裡？」

林睿冬提議：「還是先到酒店放下行李吧。」

「忘了問，你們住哪間酒店？」阿禾攤開剛剛等候 Amber 時到遊客中心取的地圖研究。

「我們沒有定行程，也還未訂酒店。」Amber 回答：「我們都喜歡即興。」

最後四人決定一起下榻阿禾在市中心預訂了的酒店，大家各自回房間梳洗過後，約在酒店大堂會合。

行程的第一站，是離酒店不過十多分鐘腳程的羅馬許願池。

九月的羅馬剛好踏入秋季，要大約到八時天色才會暗下來，當他們來到特雷維噴泉時剛好是傍晚時分，天空像是一塊懸在頭上無邊無際的畫布，被人隨意抹上幾筆紫藍，又潑了一大桶蜜橘色油墨。

「林導遊，你不是應該給團員講解一下景點嗎？」Amber 狡黠的笑容，在日落下風情萬種。

「沒甚麼特別的，這是羅馬最大的巴洛克風格噴泉罷了。」林睿冬簡短地說。

夏晴沒好氣地翻著手中的旅遊書，和阿禾頭碰頭地讀著介紹。

「傳說如果人們背對許願池，成功用右手將錢幣從左肩往許願池投擲一枚錢幣，他們將會再度回到羅馬這座永恆之城。」林睿冬接著說：「如果投擲兩枚錢幣的話，將會遇到新的愛情故事，而如果投擲三枚錢幣，獨身的人會結婚，而已婚的則會離婚。」

「那如果投四枚呢？」Amber 問。

「那市政府很快就會發達了。」林睿冬發揮他的冷面笑匠的特色，逗得三人都笑了。

「其實每天都有大約 3,000 歐元的錢幣投進噴泉裡，這筆錢會用來　貼羅馬一間專做窮人生意的超級市場，不過經常有人從噴泉偷錢就是了。」

「你要許願嗎？」阿禾問夏晴。

「我不相信這些。」

夏晴說的是真話，她從小學五年級開始就失去信仰了。

那年她父親有了婚外情，母親發現後天天以淚洗臉，夏晴唸的是基督教學校，那年她大概把一輩子可以祈禱的限額都用完了，可是家裡仍然沒一天是安寧的。

母親由自怨自艾，變得歇斯底里，任何微小的事情，都會觸動到她敏感的神經，兩人總是吵吵鬧鬧，離離合合，可是忘了由甚麼時候開始，他們終於能夠相安無事地相處。

那不是神的旨意，只是他們都老了。母親的妒恨已經在這些年間消磨淨盡，她放棄了去找父親外遇的蛛絲馬跡，而父親也收斂了脾氣和野心。但夏晴知道，他們之間的不是愛情，只是習慣和妥協而已。

「那我們要投嗎？」Amber問林睿冬。

林睿冬不置可否地聳聳肩：「沒意見。」

Amber大概早已習慣了他的不以為意，她親暱地伸手進他的褲袋裡掏出幾枚硬幣道：「我們四個人來嘛，我就偏偏要扔四個硬幣，看看會發生甚麼事。」

她按照傳説，背對著許願池，用右手握著四個錢幣往許願池扔出去，可是由於池邊團團圍滿了遊客，錢幣才剛離手就擲中了人群，踍踍的跌了一地，滾到遊人的腳下不知去向。

日落之後，林睿冬把他們帶到一家吃牛排的家庭式餐館，這間隱身在石板巷弄的小店，外牆由石磚砌成，只在門前擺一塊用粉筆寫的低矮廣告牌，稍不留神就會錯過。

推門進內，裡頭是一片昏黃燈光，滿室肉香撲鼻而來，只見兩個年輕小伙子在店中勤快地招待客人，其中一個曲髮小子上前為他們領坐。

「這裡沒有餐牌，因為只有賣牛排，你只需要告訴他吃多少份量就可以了。」

「這樣也不錯，簡簡單單，有時候太多選擇反而是負擔。」夏晴自下機以來，首次回應林睿冬的話。

「是嗎？我倒是認為有選擇才可以有比較，不然怎會知道甚麼最適合自己呢？」Amber插嘴道。

夏晴這才仔細打量Amber，她換下空姐制服，穿上一件雞蛋花色雪紡連身裙，搭配裸色幼帶涼鞋，一頭長曲髮隨意散下，她的眼睛鼻子和嘴巴在亞洲人來說都偏大，說不上是典型的美女，可是五官合起來卻別有一種風情韻味。

林睿冬這些年來眾裡尋他，原來是喜歡這種女人嗎？夏晴覺得自己並不了解他。

「你們一個當空姐一個當導遊，會不會很少時間見面？」阿禾問。

「有時候的確很難配合時間，不過這樣也好，小別勝新婚嘛。」Amber喝了紅酒後雙頰緋紅，姿態也更放鬆，「英美有不少夫妻選擇分居，我意思是他們仍然在一起生活，可是晚上會吻別對方，各自回家，他們說這樣是維繫婚姻的最好方法。」

「這樣算是開放式關係嗎？」夏晴對這種交往模式完全不能理解，愛一個人，不會希望睡前聽他的夢囈耳語，每天醒來就看見他的臉嗎？只盼天長地久，沒有分開的時候。

「那不一樣，他們是希望跟對方白頭到老，所以才退後一步。其中一個受訪的太太說過，就是因為有了距離，現在每逢老公來敲她的家門，她還是會心如鹿撞，試問哪對夫婦在結婚二三十年後仍然可以有戀愛的感覺？」

夏晴只希望可以和愛的人終老，卻從來沒有想過，幾十年安穩的生活，足以讓最熾熱的愛情也變味走調。這些年來互相傷害的父母，他們當初在教堂許下誓詞時，也曾經愛得死去活來嗎？有距離的關係，才是愛情最好的狀態嗎？

步出餐廳，抬頭只見天空是一匹鑲了碎鑽的寶藍絲絨，日間被曬得炙人的碎石走道已蒸發掉熱氣，在星光下似是彈珠瑪瑙鋪了一地。入黑後微涼的羅馬，歷史感比白天更重了些。

他們選擇散步回酒店，石板街在眼前一直伸延，沉默在四人之間盤旋。在偌大的街道上不說話並無不妥，可是在狹小的升降機裡卻讓人感覺度日如年。

夏晴盯著升降機顯示器緩緩攀升的數字，思緒卻不聽使喚，記憶之書又翻到了那一年。

那是個乍暖還寒的初春季節，校園裡開滿一叢叢粉色杜鵑，讓那些趕往課室的年輕男女都沾了一身花香。

儘管禿頭導師的課已經完了，林睿冬和夏晴還是保持了周末一同觀影的習慣，這天他們相約要到大會堂看話劇。

夏晴今天特地打扮過了，用上星期替鄰居小孩補習的薪水買了一襲新裙，今早也是在鏡子前弄了半天才戴上了隱形眼鏡，一切都因為這是他們第一次離開校園範圍的約會。

她在木棉樹下站了大半個鐘頭，眼看著接駁校巴一架接一架駛離車站，但林睿冬還是沒有出現，夏晴為自己的自作多情感到難堪。林睿冬從來沒有說過喜歡她，也從沒有借故碰她的手，搭過她的肩頭，說不準他只是把自己當作其中一個同學而已。

可是就算是同學也不能隨便爽約呀！夏晴愈想愈有氣，眼看話劇都已經開場了，林睿冬還是沒有出現。她不知是哪裡來的脾氣，竟然直接衝上林睿冬的宿舍要把他臭罵一頓。

當她氣吁喘喘地推開房門，只見林睿冬坐在書桌前，正低頭專注在案上。

「喂！林睿冬！」

林睿冬連頭也不抬一下，只隨意地應了一聲：「嗯。」

「你忘記約了我嗎？！」

「我記得。」他依然低著頭，在一張紙上寫寫擦擦。

夏晴沒料到他會一副事不關己的反應，本來有滿腔抱怨的話頓時不知從哪裡説起，她尷尬地站在門邊，忽然才發覺林睿冬的室友Colin正目定口呆地瞧著她看，她感到無地自容，怒火已被嚇下的眼淚澆滅了，她把房門一摔，頭也不回就走。

就算明知道並不會加快升降機到來的速度，她還是不斷使勁地按著按鈕，就像是喜歡林睿冬一樣，那麼吃力，那麼徒勞。

在升降機門關上的一刻，一隻大手啪的一聲擋住了機門關閉，林睿冬追出來了。

以為他會解釋甚麼，可是他居然只是走進了升降機內，手上還是拿著那張紙和筆在研究，彷彿夏晴並不存在。

夏晴受夠了他的忽冷忽熱，她故意不去看他，只希望升降機門快點打開，她一定會瀟灑地大步離開，再也不會踏進這個人的世界之內。

「喂。」林睿冬在身後喚她，「我完成了。」

夏晴轉過頭去，林睿冬用嘴唇迎上她的嘴。

升降機門打開，夏晴像是被某個巫師施了咒語，雙腳給牢牢釘住。

「我昨晚跟自己打賭，要是解得開這個數獨，今天便可以吻你。」

他把那張擦得起皺的紙遞給她說：「我是個徹頭徹尾的文科生，數學科從來不及格的。」

升降機門又再徐徐關上，夏晴愣愣地接過那張紙，林睿冬燦然地笑。

他們在升降機內悠長地接吻，他是她吻過的第一個男生，那一天，是二〇一一年四月廿五日。

叮——

酒店的升降機到達四人住宿的樓層，他們不約而同地禮讓對方先出，夏晴和 Amber 見狀打算提腿先行卻又撞個正著。最後還是林睿冬和 Amber 先走出來，他們在走道互相道了晚安，臨回房間前，已喝得微醺的 Amber 笑道：「在外地是很容易出事的，記得要安全喔！」

夏晴雙頰一熱，阿禾也困窘地傻笑，林睿冬好像皺了一下眉，但燈光太暗了，夏晴沒法肯定。

是的，大家都是成年人了，理應知道待會關上房門後會發生甚麼事，發生在那個春天的初吻故事，在今夜看來，已清澀得太過不合時宜。

Departure

ROMA
TERMINI

Day 2

Destination

OTTAVIANO
S.PIETRO

夏晴和阿禾在酒店的自助早餐區填飽了肚子，Amber才姍姍來遲，晏起的她卸去了昨日的濃妝，一身古銅膚色搭配臉上點點雀斑，夏晴曾聽說外國的審美觀偏好黝黑豐滿的女生，想必Amber是外國人眼中的尤物，而她自己卻完全相反，不單是吃不胖的纖瘦體質，皮膚更是白皙得時常讓人誤會她身體不適。

「Morning!」Amber大剌剌地拉開椅子道。

「早晨，怎麼只有你一個？」阿禾問。

「睿冬一大早就不知去哪了。」Amber說得稀鬆平常，但阿禾一臉愕然。

「不用緊張，又不是結婚當日不見新郎，」Amber笑道：「要是他不回來，我帶你們去逛就好了。」

夏晴突然明白為甚麼林睿冬會喜歡Amber，比起自己的敏感多疑，Amber是個獨立爽朗的女子，她不會纏著愛人，而且對另一半百分百信任，這一點，夏晴自問無法做到。

「你看，他不是回來了嗎？」Amber朝餐廳門口揚眉道。

林睿冬一坐下就抓起籃子裡的餐包啃了幾口，「今天是假日，競技場一定塞滿人，我反正沒事就早點去排隊買票。」

闊別了這些年，那個我行我素的林睿冬改變了嗎？改變他的是時間，還是他身旁的Amber？

那年仲夏，最後一門考試過後，喧鬧的校園逐漸回復靜謐，大學生都興高采烈地放暑假去了，夏晴和林睿冬的戀情才剛開始，他們一年級生的身份就結束了。

學生宿舍在暑假期間不開放，夏晴來宿舍幫忙林睿冬打包，他的東西並不多，只有兩箱衣物，一些必需的電器和日用品，最難處理的，是他大量的書籍和電影光碟。

林睿冬叫了客貨車，直接把東西送到迷你倉，而他自己則租了一個置了床褥後，連書桌也放不下的　房單位暫住。

夏晴這時才知道，林睿冬之所以養成這種遊子性格，是因為他根本無家可歸。

在帶油污的茶餐廳卡座，林睿冬一邊低頭吃著碟頭飯，一邊説著自己的身世。他平淡的語氣，像是説著他人的故事。

「我父母在我七歲那年離婚，那時候我對婚姻沒有概念，只知道他們很快就各自有了新的家庭，我被送到外婆家裡，她每星期都會在報攤給我買新番漫畫書。小六那年外婆死了，我知道我成了真正的孤兒。後來我被送到另一個遠房親戚家，每住上一段日子，他們又會把我扔到另一個親戚家裡，一直到我十八歲。」

「你為甚麼不早點告訴我？」夏晴憐惜地問。

「因為不重要。」林睿冬把最後一口飯撥進嘴裡。

夏晴明白到，要了解林睿冬，就需要極大的耐性，但那時候她還不知道，要愛林睿冬，會帶來綿長的後遺症。

搬離學生宿舍後，為了在開學前賺足夠的生活費，林睿冬這個中文系學生去了當地盤散工。

「外面每天都三十幾度，工地又這麼危險……」夏晴憂心忡忡。

「那邊每天現金出糧，而且日薪比大部分暑期工高得多。」林睿冬説。

「還是多找幾份補習吧？」

「你不是不知道，不論是男孩子還是女孩子，所有家長都喜歡找女老師的。」

夏晴心底知道，林睿冬決定了的事，是沒有人可以改變的，她故意跟他抬槓道：「都怪你，長得那麼醜，嚇壞小孩子！」

「我醜嗎？那你為甚麼喜歡我？」林睿冬抱著她問。

「我是可憐你沒人愛才跟你一起的。」夏晴故意別過頭去，不看他俊秀的臉。

「謝謝。」林睿冬卻忽爾認真地說。

在無法每天見面的日子，夏晴發現，喜歡一個陰晴不定的男生，是世間上最笨的事。

和林睿冬談戀愛，不像她在電影或小説裡看過的故事，他不會主動報到，不愛談電話，連短訊也未必回覆，甚至會莫名其妙消失一整天。每一次心急如焚的時候，夏晴都嘗試説服自己：他一定是工作太累了所以沒空回覆，又或是他的家庭背景造成他這種不受拘束的個性。我自己不也是一樣嗎？因為父母的關係而對愛情缺乏安全感……在自我催眠了幾十次之後，夏晴終於承認自己是一個失敗的催眠師。

當她直接衝上林睿冬的　房時，卻發現他整隻右手臂都綁了繃帶。

「發生了甚麼事？」

「在地盤不小心弄傷了手。」他簡短回答，一副不痛不癢的樣子。

「怎樣受傷的？嚴重嗎？有後遺症嗎？」夏晴緊張得一口氣問了一大堆問題。

「沒事。」他化繁為簡，不想交代。「怎麼來了？」

被他這麼冷冰冰地一問，夏晴憋在心裡的委屈立時傾瀉：「為甚麼你不找我？為甚麼你受傷了也不告訴我？為甚麼……」

豆大的淚水一顆一顆掉下來，林睿冬根本聽不清她說了甚麼，他用完好的左手把她拉進懷內，把臉埋在她散發花果味香氣的長髮裡。

原來再多的不安，只要一個擁抱就能消除。

「為甚麼你總是要問為甚麼？」林睿冬柔聲在她耳邊說，他的鬍鬚和鼻息讓她耳朵發癢。

他把她拉到床上，細細地吻她的額，她的鼻尖，她的耳朵，她的唇，她的頸窩，動作輕柔而專注，彷彿永遠不會厭倦。

盛夏的太陽讓人頭昏腦漲，老舊的三葉風扇在床邊發出嘎嘎的運轉聲響，林睿冬伸手輕輕拂開覆在她額上的濡濕髮絲，夏晴心裡有一萬頭鹿在奔跳，她不知道自己到底是願意還是不願意，可是林睿冬的手已經在她背後的扣子附近游移，她暗自懊悔，今天應該穿一套更好看的內衣的……

可是林審冬大汗淋漓地單手弄了半天，那胸圍扣子還是牢牢地扣住，兩人對望了一眼，都忍俊不住，躺在床上傻笑。

那天終究是個值得記念的日子，要做的事還是完成了。女生都喜歡記住第一次，並且天真地希望，第一次的男生，也是這輩子最後的人。

夏晴那夜戰戰兢兢地回到家中，見了母親不禁面紅耳熱，胡亂應答了幾句就躲回房間。後來想想又覺得自己可笑，這種事用眼睛哪裡能看出來呢？

像愛不愛一樣，都是看不出來的，只有當事人才會知道。

那天晚上，夏晴躺在床上擎著手機，在林審冬的對話框裡來來回回，打了又刪，刪了又打，有許多話想說卻又不知從何說起，最後只是傳了一句：「我會永遠記得這一個夏天，晚安。」

在床上輾轉反側，等了又等，林睿冬還是沒有回覆。無論這刻他人在哪裡做著甚麼事，夏晴都不會知曉。不安的感覺再度襲來，她起床找來今天和林睿冬擁抱時穿過的衣服，像被主人遺棄的小狗般嗅著他殘留下來的氣味，卻在口袋裡發現一張對摺的單行紙，看邊緣似是被人隨手從筆記簿上撕下的樣子。

林睿冬雖然傷了右手，可是他是個左撇子，紙上的筆跡還是秀麗得像女兒家寫的字：

「像花園渴望園丁，水靴等待雨天，我偏愛有你的季節。」

不安漸漸化開，他的情話是一片柔和的海。那夜她聞著林睿冬的氣息，睡得很深很沉。

到達羅馬競技場，這個建於羅馬帝國時期的圓形劇場，是進行角鬥士比賽、處決，以及演出羅馬神話的地方，估計當年可以容納五萬多名觀眾。

在羅馬帝國衰落後，競技場歷經過地震和火災，甚至被盜走石塊，所以來到一千多年後的今日，競技場最上層只餘下南邊的半圓圍牆，內部結構雖然可辨，但到處可見風化或坍塌損毀的痕跡，舉目都是頹垣敗瓦之感。

林睿冬不用Amber督促，主動擔起了導遊的工作：「競技場有人與人、人與獸、獸與獸之間的戰鬥，角鬥士是來自死囚、奴隸、戰俘、角鬥士學校畢業的自由人、職業軍人或是想贏得名望的人，他們在競技場上搏鬥，提供羅馬市民娛樂。」

「甚麼人會把死亡當成娛樂呀？」阿禾搖頭興嘆。

「多的是。」林睿冬指向看台，「這裡分成五區，從表演平台算上來的第一層是皇帝、元老和祭司座位區，第二層是貴族階級座位區，第三層是富人的座位區，第四層是平民座位區，最上面那層，則是給低下階層婦女的站立區。」

「那這些角鬥表演頻繁嗎？」夏晴蹙著眉頭環視四周。

「這我不清楚，不過據說圖拉真為了慶祝戰爭勝利，曾經在這裡舉辦長達 123 天的表演活動，參與的包括 11,000 隻動物以及 10,000 名角鬥士。在中午時分更會進行獸刑，即是將死刑犯在裸體及沒有武器的情況下，送進鬥獸場和野獸搏鬥，直至被野獸撕碎為止。」

「太殘暴了。為甚麼有人會喜歡暴力？」夏晴不解。

「說到底，暴力只是手段，快感才是目的。」林睿冬說。

「就像你們男人在床上一樣嗎？過程和對象只是輔助，最終那幾秒的快感才是目的？」Amber 毫不避諱地把話題帶到性上，可是她稀鬆平常的語調和表情，倒也令人不感冒犯或突兀。

「對了，你們有看過 Henry James 的《Daisy Miller》嗎？」老實敦厚的阿禾明顯對性話題感到難為情。

「你這個話題轉得太生硬了吧。」林睿冬已被曬出一身熱汗。

「我要聽我要聽。」Amber 卻很捧場，她眨著一雙大眼睛，在九月的羅馬陽光下，濃密的睫毛像是一梳芭蕉葉。

「這部短篇小說講述美國少女 Daisy 與家人同遊歐洲，跟男主角 Winterbourne 先在瑞士小鎮相識，隨後又在羅馬相遇，Winterbourne 被 Daisy 的天真單純和自由奔放所吸引，但是他所成長的傳統歐洲上流社會卻對 Daisy 我行我素的豪放言行極度排擠，令這個貴族青年無所適從。直至 Winterbourne 撞見 Daisy 與義大利青年夜遊競技場，他終於認同了眾人的非議，與 Daisy 斷交。最後 Daisy 因在競技場感染惡疾去世，而 Winterbourne 也回到了瑞士。」

「看，男人多薄情。」夏晴不知是認真還是說笑。

阿禾說到書就變得特別多言：「不過其實命運早已寫定了，作者在故事開始之前已經暗示，Daisy 是雛菊，是屬於春天的花，而 Winterbourne 則是寒冬，他們注定是沒有結果的。」

「我看你和睿冬挺像的，都那麼愛書。」Amber 把架在頭上的太陽眼鏡拉到鼻樑上。

「沒法子，我也想寫出那麼好的小說，可是從很早以前我就知道自己力有不逮，不是當小説家的料子，」阿禾苦笑道：「所以就只好當個版權代理人吧，輔助發掘那些有天分的作者，是我最接近夢想的方法了。」

夏晴留意著林睿冬的表情，她仍然記得，寫作對他有多麼重要。

二年級剛開學，整個大學校園又回復一片沸沸揚揚。

夏晴第一次那麼期待上學，因為大學宿舍都不流行鎖門，宿生會用膠紙把鎖舌貼住，看似關上的房門，只需要輕輕一推就打開了。所以在天地堂的日子，她會到林睿冬的房間，鑽進他的被窩，聞著他的味道補眠。

夏晴和林睿冬就讀不同學系，在看過他的課程表後，她故意和他選修同樣的日語科，只想和他有更多時間相處。

可是課堂才上不到一個月，林睿冬便沒有再出現，夏晴照樣為他點名，以免他缺課太多而被當掉。她開始接受他的脫序，習慣了他的飄忽無蹤。喜歡一個人，是一個逐漸失去自己的過程。

在林睿冬缺課的第三個星期，夏晴才終於忍不住問他：「為甚麼你一直不來上課？」

「我退修了這一科。」林睿冬一貫的輕描淡寫。

「為甚麼？」

「覺得不合適。」

「你不認為應該跟我商量一下嗎？」

林睿冬認真思考了一下，然後一臉無辜地回答：「不認為。」

夏晴覺得自己太卑微太丟臉了，整整一個星期，她按捺著找林睿冬的衝動，甚至在校園碰上，也刻意別過臉去不理他，那是她僅有可以捍衛的尊嚴了。她本來對日語沒有太大興趣，如今偏偏賭氣地唸下去，每天下課後就泡在圖書館裡，把平假名片假名塞進腦袋。

凌晨倦極回家，卻見林睿冬佇在樓下，一看到她，那雙會說話的眼睛像孩子看見糖果般亮起來。

她想一走了之，但雙腿還是不受控地向他靠近，像行星注定按照命定的軌跡，圍繞著恆星打轉。

「等到你了！」林睿冬殷切地道。

夏晴壓抑著內心的波濤，用冷淡的口氣問：「你來幹甚麼？」

他遞給她一封信，是華文界一個大型寫作比賽的得獎通知，贏得這個比賽，等於正式出道了。

「我想第一時間通知你。」

「我是第一個人知道？」

「不是。」林睿冬笑道：「我想是評判和工作人員吧。」

夏晴作勢搥打他的胸口，他用寬大的掌心緊緊包裹住她的手：「真正重要的事，我會第一時間告訴你。」

那是個微涼的初秋夜晚，月亮下落不明，滿街昏黃街燈，把這段回憶鍍上了金。

「可以幫我們拍照嗎？」Amber 的聲音把夏晴拉回斷壁頹垣的競技場。

在相機鏡頭前，Amber 親暱地環抱著林睿冬的腰，他把手搭在她的肩上，炙人陽光灑在他們蜜糖色的皮膚上，像一道風景。

午餐在納沃納廣場附近的露天餐廳解決，午後陽光熱力稍減，是坐在室外發呆的好日子。

旁邊那桌是一對中年夫婦帶著一條臘腸狗，女主人不時像哄嬰兒般彎身逗狗，甚至把自己手上的食物都分牠一半，但是當男主人不慎把漢堡中夾著的酸瓜掉在白色馬球衫上，那女人就咬牙切齒地斥責他，彷彿他犯了天下間最不可原諒的錯誤一樣。

「不覺得奇怪嗎？為甚麼人可以對寵物那麼寬容，卻對另一半那麼苛刻？」林睿冬吃著加了大量楓糖漿的鬆餅說。

「那是因為寵物沒有自理能力吧？」夏晴用叉子把意粉捲成一團送入口中。

「動物當然有自理能力，沒有人類豢養也不見得會死。」林睿冬邊嚼邊道：「而且我說的不是誰有沒有能力，而是對待他們的人的想法。」

「我覺得吧……」阿禾呷著意式咖啡：「也許是因為期望的落差。」

「你會對狗有甚麼期望呀？」Amber 吃著凱撒沙律笑說。

阿禾解釋道：「正正因為你不會對牠們有期望，所以不論牠是到處大小二便，還是把廁紙抓碎一地，你也不會生氣。可是對另一半就不一樣了，愈愛一個人，便愈會對他有期望，有時候這些要求甚至是不可理喻，或者會違背另一半的意願。」

「這種是有條件的愛。」林睿冬放下叉子。

「是的，但是無條件的愛就只是溺愛，對愛與被愛的人都有害。」夏晴回答。

吃過午飯後，他們散步在羅馬街頭，走著走著便到了著名的真理之口。

真理之口是一個放置在希臘聖母堂門廊上的大理石雕刻，有說原本是一個參照海神模樣而造的井蓋，於中世紀時期被用作測謊儀，因為人們相信，當撒謊者把手伸進真理之口中，就會被咬斷。

拜經典電影《羅馬假期》所賜，男主角 Gregory Peck 是報館記者，而女主角 Audrey Hepburn 是歐洲某公國的公主，兩人互相向對方隱瞞了身份，而男主角把手伸進真理之口時扮作被咬掉了手，嚇得傾國傾城的女主角花容失色，而這一幕則令真理之口從此世界聞名，每日都有長長的人龍慕名而來，在石雕前排隊等待合照，包括他們四個。

「你看過《羅馬假期》嗎？」Amber 問林睿冬。

「大學時看過。」

阿禾問夏晴：「你呢？」

她搖搖頭當作回答，但真相卻是，這部電影她是和林睿冬一起看的。

林睿冬冷冷地瞅著她，忽然想起甚麼似的説道：「有一個故事是這樣的，傳聞有一個貴族婦女被丈夫指控不忠，丈夫把她拉到真理之口前，要讓神明來判決。突然，一個青年穿過圍觀的群眾前來吻她，現場的人既驚且怒，可是青年説自己只是想給這位可憐的女士獻上最後一份高尚的禮物。」

Amber 聽得饒有興味，「他倒是為甚麼認為自己的吻，會是一份高尚的禮物？」

「你先聽下去，女人把手放進真理之口中，向在場看熱鬧的人群大聲宣告：『我發誓，除了我丈夫和剛才吻我的青年，從來沒有人碰過我！』故事的結局是，儘管她說了謊，可是她還是把手完好無損地取出來。」

「為甚麼？」Amber 問。

「因為那個青年就是她的情夫。」夏晴一語道破。

「你的缺點就是太聰明了。」林睿冬說。

如果真理之口真的可以辨別謊言，那麼這四個各懷秘密的人，都不應該來這邊的。

——————

是夜林睿冬把他們帶到一家窯燒薄餅店，店裡裝潢採自然風格，牆身粗糙地抹上水泥，加上圓拱形的低矮樓底，讓食客有處身山洞的錯覺。

「吃過那麼多Pizza，說真的，我還是最喜歡香港連鎖餐廳那種菠蘿煙肉Pizza。」Amber翻著餐牌吐吐舌頭說。

「幸好你說的是中文，意大利人認為在Pizza上加菠蘿簡直是一種侮辱。」林睿冬說。

餐廳裡除了他們，旁邊還有另一桌亞洲面孔，聽來是說著日文。並肩而坐的一男一女表現親暱，看來是情侶關係，男人對面坐著另一個短髮女生，看他們熟稔的樣子，應該是三個老朋友結伴同遊了。

當男生的女朋友離座上廁所，男人轉頭確認她不在背後，竟把手搭在對面的短髮女生手上，兩人低聲說了幾句話，短髮女生竟探身在他的唇上重重壓下一吻。待女朋友回來之後，兩人一副若無其事，三人繼續談笑風生。

目睹了這荒唐的一幕，夏晴問：「要是你們發現朋友的另一半出軌了，會不會告訴對方？」

「雖然說出來就要承擔很大的責任，但我覺得對方有權利知道真相。」阿禾認真思考道：「接下來要逃避或面對，就是他或她的個人選擇了。」

「我是覺得啦，出軌這件事，實在很難說得清。就說身體出軌吧，假如對方真的真的很愛你，但他想試試和別人做愛的滋味，這樣就一定不可原諒嗎？要是只是思想出軌呢？難道說光是想想也犯了罪？」Amber 吃著火箭菜道：

「我覺得兩個人在一起，開心好玩就可以了。」

「你覺得呢？」夏晴問林睿冬。

「我不認為要告訴她。」

「為甚麼？」

「因為在一段感情裡面，無知才是最幸福的。」

「但這樣的幸福，是虛假的吧？」

「也許吧，但你想要真的苦難，還是假的幸福？」

言談間，夏晴又留意那個男人當著女朋友面前，在桌子下偷偷不安分地撫摸短髮女生的大腿。

「話雖如此，可是他也太過分了吧？」阿禾在旅程中第一次板起了臉。

「要說嗎？」夏晴問他。

「你會不會介意？」阿禾最在意的，始終是她的感受。

夏晴搖搖頭，望向林睿冬說：「他可能會。」

「你們會毀了這頓飯的。」林睿冬用餐紙抹著指頭的橄欖油。

阿禾面帶尷尬地走到旁桌，他清了清喉嚨，用英文請那位女朋友借一步說話，可是說了半天，那日籍女生還是不知道他在說甚麼，看他一臉困窘，還以為他是來搭訕的。

夏晴看不過眼，正想過去幫忙時，林睿冬卻把她按回椅子，自己走到那日本女生旁邊，用不太流利的日語指手劃腳地說了幾句，女生將信將疑的樣子，她搖著手努力保持僵硬的微笑，但那對偷情男女張皇失措的神情說明了真相。

在電視上經常看到女生遇上這個情況，不是一巴掌打在男人臉上，就是會拿起桌上的水杯潑到他臉上，到底是為了戲劇效果，還是那些編劇都幸運地沒有遇上過壞男人？

真正的傷心，是無聲無息的。女生拿了手袋，除了幾下幾近無聞的抽泣，她一聲不哼就離開了餐廳。

日本男人先是想追出去，可是和阿禾對上眼後竟惱羞成怒，轉身回來一手把書生模樣的阿禾推到地上，林睿冬見狀立即擋在他跟前，雙方劍拔弩張之際，Amber 款款走來，把手機上偷拍到他和短髮女生劈腿還有動手打人的片段亮給他看，並揚言要放到網絡上，沒想到網絡審判成了有效的制暴力量，男人撂了幾句狠話就和短髮女悻悻然離去。

林睿冬伸手拉起阿禾：「沒事吧？」

夏晴一臉憂心地檢查阿禾有沒有受傷，他扶正被撞歪了的眼鏡道：「不是說你不認同嗎？」

「我不認同你的說法，但我誓死捍衛你說話的權利。」林睿冬笑說。

擾讓過後，四人都不想待在餐廳內忍受其他不知就裡的食客的目光，所以決定買單，一人外帶一份 Pizza，在回酒店的路上邊走邊吃。

他們不再像昨夜那樣，一前一後沉默地走，而是並肩走在路上，悠然地散步聊天，大概在其他路人眼中，四人是很要好的朋友。

他們本來可以一直如此的。

Departure

PIAZZA SAN PIETRO

Day 3

Destination

STATUS CIVITATIS VATICANAE

今天是他們留在羅馬的最後一天，決定到羅馬境內的梵蒂岡走一圈。

梵蒂岡位於羅馬城台伯河西北的高地，是世界上領土面積最小的國家，卻是天主教會最高領袖教宗的駐地，世界六分之一人口的信仰中心。

林睿冬領著他們從酒店乘巴士出發，比起地下鐵路，乘巴士可以欣賞沿途風光。

這天的羅馬異常悶熱，陽光極猛，凝滯的空氣中卻飽含濕度，是雷雨前夕最後的晴天。

單層巴士受猛烈陽光直射，車廂裡微弱的冷氣像是苟延殘喘的老者，夏晴把外套脫下，只穿一件吊帶背心也依然汗如雨下，阿禾遞給她一條洗燙平整的手帕。

小時候媽媽就跟夏晴說過，將來長大了談戀愛，記住選一個口袋裡帶著紙巾的男人。

「這種男人未必有趣，但是一定體貼。」媽媽替她綁著兩條魚骨辮子說。

在夏晴的記憶裡，父親也是個會為媽媽遞紙巾的人，但他又是個好男人嗎？

巴士到站，所有乘客恨不得馬上跳出這個鐵蒸籠，夏晴也隨人群匆匆下車，等到巴士揚長而去之後，她才發現自己把外套遺留在車上。

「穿背心的話，好像不能進去的。」Amber 對夏晴說。

「不如我陪你回酒店拿外套？」阿禾毫無怨言。

「但是晚了遊客只會更多，雖然會坐地起價，還是在附近商店買吧。」Amber 提議。

林睿冬在旁邊默默把恤衫外套脫下，披在夏晴的肩上：「我熱死了，你將就穿上吧。」

夏晴還未來得及推卻，只穿 Tee Shirt 的他就邁開步子道：「進去之前先吃一杯 Gelato，這間老店賣的雪糕，比宗教呀神呀甚麼的都要偉大。」

雪糕店面積狹小，站了兩個店員和一個放了幾十種不同口味的雪糕櫃之後，只容得下三兩個客人，所以人龍已頂著大太陽，長長地伸延到店外。

「一定要試試這裡的開心果口味，是我吃過最好的。」林睿冬在甜品面前，總是雀躍得像個孩子。

阿禾不愛吃甜食，只是買了一瓶水，他看著夏晴吃雪糕的樣子，就像個帶著孩子到公園的慈愛父親。

Gelato 較一般雪糕口感更幼滑細膩，但溶化速度亦較快，夏晴不慎把雪糕滴在林睿冬的襯衣上，她連忙用阿禾給她的手帕抹拭，可是衣服上還是留有一個小小的印漬。有些頑固的污漬，是無論如何也抹不走的吧？

進入梵蒂岡城牆前要經過安檢，保安人員要求阿禾把水丟掉，林睿冬說：「這是為了安全起見，這裡是宗教重地，換句話說，亦是最多仇恨的地方。」

「我前些日子到大陸參展，進深圳地鐵站時也要經過安檢，那天我同樣帶了一瓶水在身，可是大陸的保安人員不是要求我把水丟了，而是要我在他們面前喝一口。」阿禾笑說：「同一個規則但不同的處理，可以看到那個地方是如何看待人命的。」

進到城內，他們第一站便是去參觀梵蒂岡博物館，Musei 在義大利文中是 Moseo 的複數，這表示梵蒂岡博物館是由多個小型博物館組成，館與館之間以走廊或階梯相連結，保存了從古埃及，文藝復興到二十世紀，橫跨五千年的珍貴藝術品，館藏數十萬件，被譽為世界上最偉大的博物館之一。

隨著人潮走馬看花地參觀了一幅又一幅世界名畫和雕塑，Amber 終於忍不住吐吐舌頭説：「其實藝術品呀名畫呀甚麼的，我通通不懂。」

「我也不懂呢。」夏晴尷尬笑說，才逛了兩個多小時，她已經開始出現審美疲勞了。

「我懷疑世界上根本就沒有人懂，所以那些假大空的藝術評論才可以招搖撞騙。」林睿冬讀著名畫的解說，嗤之以鼻道：「靠評論別人作品維生的人，都是寄生蟲。」

阿禾和Amber不會理解他的反應，因為陪他走過那段黑暗日子的人，只有夏晴。

大二那年，林睿冬的小說得了特別評審獎之後，中文系的系主任魏伯濤才留意到這一個孤僻的學生。

魏伯濤在文學圈是舉足輕重的前輩級人馬，是每年全港各個寫作比賽的評審，也是政府藝術發展局的顧問。他看重林睿冬，不僅親自指導他，還帶他出席文學圈的飯局和公開活動，以師徒相稱。

在魏伯濤的引薦下，林睿冬在圈子裡漸漸小有名氣，他的作品開始登上文學雜誌，魏伯濤甚至讓他在自己的報章專欄代筆，說是給他一個練筆的機會。向來吊兒郎當的林睿冬在那段日子也變得積極起來，不但不再走堂，下課之後總是埋頭創作，縱然不喜歡應酬交際，也硬著頭皮迫令自己跟著魏伯濤出席各式各樣的聚會和活動。

在林睿冬突如其來踏上寫作事業的星途時，夏晴依舊是個平凡的大學生，她唸的是翻譯系，每天上課下課如常，同學大多是文靜寡言的人，在一眾面目模糊的學生中，她算是最有討論價值的一個，因為她的男朋友是校園裡炙手可熱的林睿冬。

有一種女生會渴望和傑出的男人談戀愛，她們用愛情來成全虛榮，不計任何代價。可是夏晴不是這種人，對於林睿冬走紅，她心裡有一股強烈的不安，愈是耀眼的東西，愈不可能專屬她一個。可是理智卻掌摑她的自私，她深知自己應該為他的快樂而高興，這種兩極的情緒在互相拉扯噬咬，而林睿冬卻全不知情。

而事情的轉捩點，由一篇推薦序開始。

一個筆名叫古木的人要出版詩集，前來向魏伯濤求序，魏伯濤爽快答應，私下卻把這個工作交給林睿冬。他一讀詩集，發現通篇故弄玄虛，處處都是別人的影子，莫說是推薦，就是連出版也不應該。

林睿冬如實向魏伯濤表達想法，但魏伯濤卻說：「他是我同門師兄的徒弟，就當是給個面子，隨便推薦幾句吧。」

「但本土文學發展已經很艱難了，為甚麼還要為這種不學無術的人買帳？」

「不是所有人都像你那麼有才華的，」魏伯濤先禮後兵：「你難保他下一本書真會寫得好呀。」

「那就到時候才出版。」林睿冬堅持。

魏伯濤搖著花白的頭顱嘆一口氣，伸手接過林睿冬手上的書稿道：

「我自己來寫吧。」

林睿冬悶不吭聲，臨離開主任辦公室前，魏伯濤提醒他：「今晚八時要和文學獎委員會吃私房菜，別忘了。」

當晚的飯局古木也在場，他一見魏伯濤就堆著笑臉追問自己的作品評價，魏伯濤大讚了他幾句，說甚麼名師出高徒，著林睿冬要跟師兄多多交流切磋。

這一晚，林睿冬第一次看清了實相，在杯盤狼藉的飯桌上，坐滿了一班圍爐取暖的既得利益者，他們開口閉口都是一堆假大空的學問。

後來林睿冬把那晚的飯局寫成短篇小說，投稿到古木擔任編輯的文學雜誌，他們照樣刊登，有賞析還說這是一篇誕生於餐桌的讚美詩，完全看不出是對他們的諷刺，林睿冬冷眼以對，不知道他們是可笑還是可悲多一點。

羅馬非一天建成，要令心中那個從小仰望的燈塔傾塌，也是要經過漫長而無聲的交戰，而一場抄襲爭議，在林睿冬心裡投下了覆滅理想國的原子彈。

於魏伯濤當評審的比賽中，有一得獎作品被一名中文系一年級生投訴是抄襲之作，得獎人沈淵海堅稱自己是原創，所以委員會沒有查明便把獎項頒發出去。

這個女生叫鄭可可，投訴無門的她，終於在林睿冬下課時在教室門前截住了他。林睿冬聽罷原委也覺得處理不妥，於是帶同可可到魏伯濤的辦公室商量。

魏伯濤請可可出去稍候，只留下林睿冬在房間。

他第一句便問林睿冬：「鄭可可有沒有確實證據，證明沈淵海那篇得獎作品是抄襲她的？」

「沒有，可可說她只把作品拿給沈淵海讀過，沈淵海說了很多批評的話，所以她難過得把原稿也撕掉了。」林睿冬補充：「但我們總不能因為可可沒有名氣便無視她的說法吧？」

魏伯濤簡短回答：「沈淵海是韓教授的助教，我信任他的人格。」

「我也是信任你的人格才來找你。」林睿冬累積多時的不滿快要傾瀉。

魏伯濤從辦公桌後站起來，轉身在背後的書架牆上摸索了好一會，終於找到一本殘舊的書，他把書遞給林睿冬道：「這人你可聽過？」

林睿冬只看褪色的書脊，已經知道那是他的啓蒙讀物。那年他才不過十一二歲，他像個長久被困在牢裡而放棄數算日子的囚犯，已經不再計算自己住過多少個親戚的家，在最敏感孤單的年紀，這本書成了他唯一的慰藉。只是這個作者只出版了這麼一本書，後來再也沒有別的作品了。

「你有他的影子。」魏伯濤翻著起了毛邊的書頁道。

林睿冬猜想他的意思是說抄襲這回事的難以定義，於是辯白道：「他是一個我很欣賞的作家，而我也承認這本書對我影響極大，但要是你想說我抄襲的話——」

魏伯濤揚手打斷他的話：「你知道他為甚麼只出版了一本書就絕跡文壇嗎？」

林睿冬搖頭。

「因為他自以為是，開罪了很多前輩，沒錯他的確是才華橫溢，可是他不懂做人，我們寫小說的，寫的就是如何做人，如何面對人生。」魏伯濤說：「空有才華，不懂妥協，就像一本字典，有盡世間上最華美的字藻，卻永遠不會是一部文學經典。」

魏伯濤把書又放進書架裡，背對著林睿冬說：「我剛才的意思是，我從你這個人身上，看到他的影子。」

「要是那篇作品真是她的創作，那麼我相信她將來也一定可以寫出另一篇更出色的作品，不必急在一時，創作比的是誰有資格走得更遠。」那時候，大概魏伯濤猜不到，可可會因為這件事而放棄了純文學，成為多年後，林睿冬在飛機上不屑閱讀的那種雞湯作家。

走出魏伯濤辦公室，林睿冬感覺自己生了一場大病，某一部分的他已經死掉了。他走到可可面前說：「回去吧，甚麼也改變不了的。」

可可追問：「魏教授跟你說了甚麼？」

林睿冬無法直視可可炙熱的眼神，他自覺是一堆溶雪，最後只能成為污水，流進溝渠。

「我幫不了你。」

「其實你也是他們的人吧。」可可賭氣地說，委屈的眼淚在眼眶打轉。

「不，我不是。」林睿冬堅定地搖頭說：「我不會是。」

夏晴從校園沸沸揚揚的傳聞中得知林睿冬退學的消息時，他已經辦好所有手續了。

「你說過真正重要的事會第一個告訴我，難道這件事也不重要嗎？」夏晴找到林睿冬時，他正在宿舍裡打包。

在幫忙封箱的室友 Colin 見狀，識趣地道：「我去買幾罐汽水回來。」然後退出了房間。

林睿冬拍拍手上的灰塵道：「我沒心情跟你吵。」

「你的意思是我在無理取鬧嗎？」

林睿冬沒有回話，沉默是他的最大武器，宿舍內只有撕拉封箱膠紙的嘞嘞聲。

「為甚麼要退學？只差一年就畢業了，你現在打算做甚麼？要搬去哪裡？」

林睿冬木無表情地說：「我想去行船。」

「但你不是想當作家嗎？」

「我會去報讀相關課程，有了證書才可上船，現在先做散工，Colin介紹我去做電影院帶位員，時薪不高但很輕鬆，方便我進修，有免費電影可以看，爆谷也可以任吃。」他一個勁地說，寡言的他從未如此多話。

「發生甚麼事？」夏晴完全跟不上他的反常思路，她知道這不是她認識的林睿冬，這個他是受了傷的版本，她上前拉他的手：「怎麼了？」

林睿冬的冷漠只是一層薄如蟬翼的繭，他終於停下手上的動作，忽然擁抱著夏晴，像個受了委屈的孩子般，把臉埋在她的懷中，無聲地哭起來。

————

四人從博物館出來之後，走了不遠就到達聖伯多祿廣場，下一個行程是參觀聖彼德大教堂。作為最傑出的文藝復興建築和世界上最大的天主教教堂，這裡是眾多教宗長眠之地。

「一起玩了幾天，我也不知道你們有沒有宗教信仰？」Amber 仰頭看著大殿正門前的聖伯多祿雕像問。

「我嗎？說起來很老套，可是我相信人定勝天的。」阿禾靦腆笑說。

「聽起來真像是日劇裡大叔會說的台詞呢！」Amber開玩笑道，她轉過臉問夏晴：「那你呢？」

信仰是給軟弱的人的。林睿冬曾經對夏晴這樣說。而那時候，愛情是夏晴唯一的信仰。

夏晴想了想道：「如果真有神的話，那麼祂一定是個喜歡惡作劇的神祇。」

「我們四個都不信神，那麼到底還要不要進教堂？」林睿冬指指教堂的入口人龍問，「看樣子至少要等上一個小時。」

「欸，我不是不信啦，只是我認為世界上不止有上帝這一個神而已。」Amber 抗議。

「光是你這種想法，上帝就已經把你判入地獄了。」林睿冬說。

「Amber 對宗教有研究？」阿禾好奇地問。

「對呀，我去過印度冥想，也去過尼泊爾禪修，最好玩的一次是去亞馬遜森林參加土著祭典，還喝了死藤水呢。」Amber 的人生體驗，比許多已經活了一輩子的人還要豐盛。

「算了，還是不進去了，天色好似愈來愈差。」Amber 抬頭看見頭頂壓著厚重的烏雲，「你昨天不是說有一個很有意思的地方嗎？我很想去看看。」

離開梵蒂岡前，夏晴想起當自己還是個愛情的虔誠信徒時，她不下一次想過將來要跟林睿冬步入教堂。

她甚至問過林睿冬：「要是我們都不信教的話，可以在教堂結婚嗎？」

「那就結婚之前信一信，結完才反口也不遲。」枕在她腿上讀書的林睿冬隨口應道。

「胡說八道！」夏晴被他逗笑了。

「我認真的，像那些一輩子幹盡壞事的人，在死前信主就可以上天堂，多划算。」

結果來到今天，那個一起步進教堂的心願，還是沒有實現。

——————

因為眼看山雨欲來的緣故，他們沒有找餐廳坐下來慢慢吃午餐，只買了幾份沙律和三文治邊走邊吃，換乘巴士之後，他們來到了這個稱為一眼三國的景點。

說是國，其實只是一棟位於阿文提諾山上的別墅，它是馬耳他騎士團唯二擁有治外法權的建築之一，是馬耳他騎士團的外交部兼駐意大利大使館。

從別墅大門上的鑰匙孔看進去，可以一眼看見馬爾他部由景觀樹構成的拱型庭園，最遠處是梵蒂岡聖彼德大教堂的圓頂，中間躺著永恆的羅馬古城。為著這一瞥，許多遊人特意前來，甚至把門上的油漆都磨蹭掉了。

「可是一般相機很難拍得清晰，只能用眼睛看了。」夏晴閉著一隻眼睛往鑰匙孔裡瞧。

「因為不能翻看，所以才會用心記住。」林睿冬說。

夏晴想起林睿冬曾經為她寫過一首叫《最小的國》的詩，就只有兩句。

我是妳
唯一的國民

夏晴在筆袋發現這張紙條的時候，甜絲絲地給林睿冬發了短訊：

「這不是最小的國，而是最短的詩，連追女孩子也這麼懶！」

她已經習慣了每次發訊息之後是漫長的等待，而在林睿冬到戲院打工之後，他回覆的頻率更少了，只是這次卻馬上收到他的短訊：「稟告女王陛下，最短的詩是北島的《生活》。」

「是怎樣的？」

「全詩只有一個字。」

「別吊我胃口，哪一個字？」

「『網』。」

生活撒開了一張大網，讓裡頭的人暈頭轉向，跌跌撞撞。夏晴以為林睿冬更愛她的原因是距離，但答案其實是內疚。

從馬爾他部離開的時候已經下起滂沱大雨，他們全身濕透回到酒店，加上明天也要乘早班航機到巴黎，所以大家都同意不再外出，約定時間在酒店餐廳用膳。

夏晴回到房間洗過澡後才想起要歸還襯衫，所以去敲了林睿冬的房門，來應門的卻是Amber，她看樣子是剛洗過澡，身上只裹著浴巾，露出兩條修長緊實的腿。

「那個……我來還衣服的。」夏晴往Amber身後看，瞧見房間像楚河漢界般分野，一邊極整齊，另一邊卻非常混亂。

「很不可思議吧？亂糟糟那邊是我的。」Amber笑說：「睿冬的好處是，他不會干預我，我也不會干預他，大家用最自然的方式相處。」

林睿冬從浴室探出頭來，用毛巾擦著濕轆轆的頭髮問：「你這是要把我推銷出去嗎？」

「多少錢我也不賣。」Amber黠笑。

「我們在餐廳見。」夏晴頭也不回地退出房間。

——

林睿冬偕 Amber 甫坐下，夏晴就看見他頸項和手肘位置也泛紅脫皮，他不耐煩地使勁抓癢。

「又發作了嗎？」Amber 蹙著眉問。

「大概是天氣濕熱，今天又流了汗，濕疹就容易發作。」夏晴想到也許是他把襯衣借給自己，皮膚被太陽曬得狠了的緣故，她邊說邊從小手袋裡翻找，「我記得我有帶金盞花膏，可能放在皮箱了，我上房間找找。」說罷就急急離席。

「她的金盞花膏真的很有效，別的店都用現成買來的精油，她卻是自己去花墟買新鮮的金盞花回來清洗風乾，還要浸泡三個月才成，她這人就是這麼認真，這麼笨。」阿禾憐笑道。

林睿冬接話：「是的，笨得讓騙了她的人都會內疚。」

「一聽就知道你不是專業騙徒了，騙子才不會內疚，說內疚都是假的。」Amber 說。

「看來遇到老行家了？」林睿冬挑起眉毛說。

「才不是呢，不過有一點我是肯定的，」Amber 掰開餐包蘸著橄欖油和黑醋説：「真正聰明的人，是應該懂得何時被騙的。」

侍應剛巧來替他們點餐，Amber 推薦：「聽同事説這裡的酥皮周打蜆湯做得極好，不如點四份？」

「三份吧。」林睿冬和阿禾同聲説道。

「她對貝殼類有輕微敏感的。」阿禾僵硬地笑著解釋。

這時夏晴從後拿著藥膏過來：「這個有舒緩作用，沒有藥性的，你覺得癢的時候都可以塗。」

她把藥膏遞給林睿冬，他冰涼的指頭碰到她微暖的手，像月亮和太陽在日與夜交替的一刻終於遇見。

Departure

ROME
ITALY

Flight AF1005 | Boarding 6:30 am

Day 4

Destination

PARIS
FRANCE

Flight AF1005 | Arrival 8:40 am

這趟旅行其實是一次公幹的延伸，阿禾被公司派來參與法國出版社的周年晚會，目的是打好關係，把出版社新簽回來的兩本書賣出法文版權。所以儘管意大利還有很多值得遊覽的地方，他還是計劃只留三日，今天乘早機飛往巴黎。

「真的沒問題嗎？會不會打亂你們的行程？」昨晚各自回房間休息之前，阿禾問林睿冬。

林睿冬語焉不詳地回答：「計劃的意義就是用來打亂的，不然人生就太沒趣了。」

由於 Amber 經常負責巴黎航線，在當地認識一個朋友說過，可以將空置的三房公寓單位借出，隨時歡迎她來暫住。

「在巴黎市中心有一個空出來的三房單位？你朋友是富豪嗎？」夏晴詫異。

「不知道呀，我和他在派對認識，飛巴黎時如果他沒有出國就會吃頓飯，但我也不是很清楚他到底幹甚麼的。」

夏晴明白自己和 Amber 的差別在哪裡，她的世界總是太小，小得只能夠圍著情人轉；而 Amber 的宇宙很遼闊，天蒼蒼野茫茫，她隨時願意拋開一切跟你去流浪。這樣的情人只談快樂不談責任，而自己卻會用過多的愛來溺死愛人。

「可是我們已經預訂了酒店……」阿禾尷尬搔搔後腦，「你覺得呢？」

理智叫夏晴應該和林睿冬保持安全距離，可是她吐出的話卻是：「看看能不能把酒店退了？」

理智在感情裡節節敗退，愛上一個人，就注定成為戰俘。

——————

飛機降落巴黎已是午後，踏出戴高樂機場之後，夏晴就是一副病懨懨的模樣。

「你臉色怎麼那麼難看？哪裡不舒服了？」阿禾當然是首先察覺的人。

夏晴按著肚子小聲說：「沒甚麼，就是那個來了……」

夏晴經期不準，有時甚至會相隔好幾個月才來一次，每次經痛起來都難以忍耐。

「那我陪你回去休息。」阿禾馬上說。

「可是你今晚不是要去晚會嗎？」夏晴擔憂道：「我自己躺一躺就可以了，但你沒有女伴會失禮的……」

「我可以不去。」

「你公司千里迢迢派你過來出席，說明他們非常重視吧？」

阿禾感到為難，愛情和責任，他兩者都想兼顧。

「你去吧，我來照顧她。」林睿冬說。

「這……」阿禾想不出拒絕的理由，而其實他需要的，是一個藉口。

「你要陪他去晚會嗎？」林睿冬信口問 Amber，「你最喜歡這些場合。」

Amber 聽罷心不在焉地回道：「你決定。」

「不，不用麻煩你了，會悶死人的。」阿禾搖頭揮手。

「你是說我悶嗎？」Amber 不悅地問。

「不是，當然不是！」阿禾手足無措。

「開玩笑而已。」Amber說：「帶我去見識一下你們文化人是不是都靠光合作用維生的。」

房子位於巴黎的15區，在塞納河左岸，是巴黎傳統的中產住宅區。

大門採用電子鎖，只需輸入Amber朋友提供的密碼就可以自由進出。房子隔間是高樓底的三房一廳，裝修用黑白灰三色簡約設計，在客廳劃出一個開放式廚房和吧台，還建有一個半圓露台，可以無遮擋地遠眺連接16區的比爾阿克姆橋，亦即是電影《潛行兇間》的取景地之一。

他們一人挑了一間客房安頓好之後，因為 Amber 沒有帶合適的衣著，所以和阿禾提早出發去租借禮服，偌大的屋子裡，就只剩下夏晴和林睿冬。

林睿冬在客廳和夏晴房間之間忙進忙出，張羅好熱可可、溫水瓶、暖包、朱古力、止痛藥，還有她習慣入眠前聽的久石讓純音樂。

人類的腦袋總是那麼蠻不講理，我們把回憶分門別類地鎖進不同的抽屜，在往後的人生裡小心翼翼地保管，花光力氣去遺忘，可是只需一個眼神、一種氣味、一首歌、一次擦身而過，那段回憶就會穿越時間，跨過空間，在百孔千瘡的心裡重播，永不謝幕。

打開夏晴那個上鎖抽屜的鑰匙，就是林睿冬如此周到的照料。

那段她自以為幸福伸手可及的時光，但其實是林睿冬預支給她的贖罪券。

那年林睿冬輟學之後，去了電影院當帶位員，說是帶位，職務卻包括打雜、賣票、烤爆谷、弄熱狗、完場後清潔座位等等，唯一的好處是在早場和閒日午間，沒太多客人的時候，他可以開小差，到院內免費看一整部電影。

夏晴在天地堂時再沒有林睿冬的宿舍可以悽身，她索性改為乘小巴去探班。林睿冬會趁沒人發覺時讓她溜進戲院，那一年，是夏晴看了最多電影的一年，不論是愛情片、英雄片、恐怖片、笑片、動畫片，只要戲院上映的，她都看過不下一遍。

在課業較空閒的日子，她會到戲院等林睿冬下班。午夜場完結之後，林睿冬會在小食部為她烤爆谷，他喜歡加很多很多的焦糖，讓每一顆爆谷都裹上黃澄澄的糖漿。他們會躲在空無一人的電影院內悠長地接吻，每一句情話每一個吻都帶著爆谷的甜香。

那段日子很快樂，以致在很多年以後，她都懼怕那種隨快樂而來的陣痛。

某一天課後，夏晴又來戲院找林睿冬，她一眼就留意到那個新來的女生。

她的皮膚白裡透紅，像嬰兒的臉頰，但把頭髮剃得比男生還要短，而且身型矮瘦，又穿了舌環，讓她看起來像個小男生，她介紹自己做Mae。

林睿冬說，Mae的中文名字是朱艷梅，她討厭死這個俗不可耐的名字。她的正職是舞台劇演員，別人常說的浮浮沉沉與她完全沾不上邊，因為她從來只有沉而已。雖然總是做閒角，可是她實在喜歡演戲，為了生計才來電影院打工，因為更表彈性，方便她排練和casting。

夏晴對Mae並無好感，如果真討厭自己的名字，難道把梅字換成英文Mae就高級一點？但她沒有告訴林睿冬這個想法，可能就連自己也知道這種挑剔實在無稽又幼稚。要說為甚麼討厭Mae，連夏晴自己也說不清楚，後來她終於想明白，那是因為她留意到林睿冬停留在Mae身上的目光。

每當夏晴山長水遠到戲院找林睿冬，看見的第一個畫面都是他和Mae在調笑聊天，說實話，Mae算不上漂亮，可是夏晴內心的不安還是不停的發酵醞釀。

那段日子，林睿冬對舞台劇產生了極大的興趣，不但把儲來報讀航海課程的錢全花在劇場門票上，還在下班之後通宵寫劇本，而Mae總是第一個讀他劇本的人。她會拿著林睿冬的手稿，飾演他筆下的每一個角色，她沒有充足的舞台經驗，卻有足夠的野心和膽量去顛倒眾生，或者至少，魅惑眼前這一個人。

沒有甚麼比一個狂熱的演員和一個潦倒的編劇更像乾柴遇上烈火了。

夏晴只能成為他的觀眾，但Mae卻是他一字一句的歌頌者。

在陪林睿冬看完《馬克白》之後，夏晴終於忍不住把積壓的不滿傾瀉出來。

「你是不是喜歡Mae？」

「It is a tale told by an idiot, full of sound and fury, signifying nothing.」林睿冬用不自然的腔調模仿剛才的演員説出對白。

「如果我聰明，從一開始就不該喜歡你。」

林睿冬牽起她的手，一根一根指頭湊近唇邊輕吻：「太笨的人，我不忍心騙的。」

就如《馬克白》中三女巫的悲劇預言終將實踐，夏晴最懼怕的事情，也必定會成真。

夏晴在一間二手書店，找到林睿冬喜歡作者的首版書，她打算給林睿冬一個驚喜，所以逕自在臨近午夜場散場時來到戲院接他下班。

來到戲院卻不見林睿冬影蹤，她打算先到洗手間補補妝。這段日子，向來不施脂粉的她，比平常更細心打扮，如果愛情真是這樣膚淺的話，夏晴不介意愚昧。

來到女廁門前，旁邊的殘廁門突然推開，Mae從裡頭出來，和夏晴迎頭碰個正著，在她詫異的表情後面，是林睿冬愕然的臉。

夏晴像個忘了上發條的機械人偶，愣愣地佇立原地。她在等林睿冬開口解釋，就算任何一個荒唐的藉口也好，只要他說，她就會相信的。

他們彷彿待在一個永遠不會醒來的夢魘，這裡流逝的一秒，感覺卻煎熬了十年。良久，林睿冬只是垂下頭，重重地嘆了一口氣。

那邊廂，Amber和阿禾已經衣香鬢影地到達了酒店的宴會廳，原以為法國人辦的宴會不是觥籌交錯，就是輕歌曼舞，沒料到出席的都是上了年紀的人，沒有 The Great Gatsby 的氣派，倒是有點像出席完一個普通朋友的喪禮後，和不太熟稔的人們客套聚首的氛圍。

「不好意思，把你悶著了。」阿禾替 Amber 拿了一杯香檳。

「是啊，真的很失望，原以為可以和美男作家來個 one night stand 呢。」Amber 一臉失落，一口就喝了大半杯酒。

阿禾差點沒把嘴裡的香檳噴出來。

「開玩笑而已。」Amber 用拇指替他抹去下巴的香檳道：「其實今晚來，我是想和你 one night stand 的。」

看著阿禾臉色發青，呷著香檳久久不敢回話，Amber 忍不住笑得花枝亂顫，旁邊的老先生向他們投來不解的目光，使他愈更發窘。

Amber舉杯把酒喝光：「好了好了，不開你玩笑了，怎麼會有這樣老實的人啊！」

阿禾看她喝得那樣急，「不如我們先吃點東西？你這樣空肚喝酒很易醉的。」

Amber指著一盤馬鈴薯批說：「那個，我要吃那個。」

阿禾替她和自己各盛了一碟，笑說：「不吃光不准再喝酒呀。」

「你知道這款批叫甚麼名字嗎？」她不等阿禾回答就接著說：「這是安娜馬鈴薯批，是一種給妓女吃的批。」

阿禾原本正吃得有滋有味，聽她這麼一說，差點噎住：「你又開我玩笑了吧？」

「沒有呀，我是認真的，以前上流人士出席酒會席宴都要帶一個妓女在旁才夠氣派，據說有位名廚就是為一個叫安娜的妓女而弄了這種批，你看馬鈴薯一片一片層層疊疊，就是模仿她那一頭蓬鬆捲髮和裙擺的。」Amber 用叉子把批送進口中，「今晚我就是請來的妓女，陪你來這裡充撐場面的。」

阿禾連忙解釋：「我真的沒有這樣的意思，你是不是想回去了？我們現在就叫車走好嗎？」

Amber 放下吃得一乾二淨的盤子，又拿了一杯威士忌喝了一口才語焉不詳地說：「我明白你的，因為你和我都是沒有被選擇的人。」

阿禾低頭吃批，叉子刮在陶瓷碟上，發出刺耳的聲音。

「你不是有任務在身嗎？怎麼不去談生意？」Amber 轉個話題。

「那法國總編說今天不談工作。」阿禾苦笑道：「其實我們通常是在國際書展才來談版權賣買的，不過因為有兩本新書我們非常看好，很想替作者賣出其他語言的版權，所以就偷步先來打好關係，但看來今晚要白走一趟了。」

「他們不買就不買，書如果夠好的話，總會有其他出路吧？」Amber 不理解這種市場運作，正如她對自己的理解也一樣，只要夠好，就沒有甚麼好怕。

「沒辦法，中文書在國際書市是先天的弱勢，我們對外文翻譯書的需求很大，但西方市場卻甚少對中文書有興趣，而法國已經是對亞洲文化接受度最大的，其他國家的編輯很多時都是先看了法文版，再來考慮要不要買這個版權。」阿禾也愈說愈洩氣，「很多時候我發現了一本好書，卻無論如何也賣不出去，就會感覺很對作者不起。」

先天的弱勢，這是最橫蠻也最讓人無奈的事情，彷彿不論如何努力，但結果從一開始就已經注定。

Amber向侍者要了兩杯酒，她挽著阿禾向法國總編走去，「有時候，如果你真心渴望一件事，就不能像個好好先生，一定要用非常的手段。」

她整晚拉著法國總編不住聊天灌酒，阿禾從來沒有見過一個女孩子這麼能喝，微醺的她談吐比平常更風趣放浪，兩頰泛紅讓她的小麥膚色看起來更像讓人垂涎欲滴的蜜糖，但她酒醉還是三分醒，還記得適時就讓阿禾插嘴談他代理的書，終於在酒酣耳熱之際，那總編口頭承諾會買下其中一本的版權。

在回程的路上，阿禾沒想過真的能談成這個代理權，加上酒精的作用，他的情緒在高漲與擔憂之間徘徊。

「這樣真行得通？會不會他明天酒醒之後，就像《城市之光》那個富翁一樣不認帳？」

「放心吧，他根本沒那麼醉，不然就不會只買一本。」Amber 説。

「説的也是。」阿禾誠懇地對 Amber 説：「謝謝你。」

「我是來騙酒喝而已，能説服他買下你欣賞的書，是你的本事。」Amber

在Uber上借著醉意靠在阿禾的肩，「你一定是從小到大都循規蹈矩的人吧？」

阿禾沒有拒絕，「算是吧，從小時候開始，我就想要做個好人。」

「為甚麼要做好人？好人很難做呀，做好人要做一輩子，只要有一次不夠好，別人就會對你完全失望了。」Amber把手放在阿禾的腿上，「可是當壞人就不一樣了，只要偶爾做一件好事，全世界都願意為你鼓掌。」

「因為我老爸在我小學的時候就跟情婦跑了，他留給我媽的，就只有我這個包袱而已。我媽一個人辛苦把我養大，所以我從小就學會打理自己，不想讓她操心。我對自己承諾過，長大之後，我一定不要成為我爸那樣的人。」

阿禾溫柔的推開Amber的手，然後把拿在手裡的西裝外套，輕輕蓋在她身上。

——————

夏晴恍恍惚惚地睡去，又迷迷糊糊地醒來，再睜開眼時，看見橘黃街燈從窗外流進屋內，林睿冬坐在她床邊的地上，借著月光在讀書。

「眼睛會壞喔。」夏晴輕聲説。

林睿冬維持坐姿，只轉過頭來看她：「好一點了嗎？」

「又不是重病。」

「嘴巴那麼不饒人，看來沒事了。」林睿冬溫柔地摸她的頭：「要吃雪糕嗎？」

「可以嗎？」

「樓下有一家賣 Gelato，我去看看關店了沒有，等我。」說著他已經跑出了房間。

夏晴獨自躺在陌生的床上，半睡半醒的她分不清這是現實還是夢境，如果這真是一個夢，她也不知道自己究竟想不想醒來。

林睿冬推門進來，只見他跑得滿頭大汗，手裡拿著兩個雪糕筒，已經有幾滴溶化的雪糕流到他的指縫。

夏晴接過雪糕，林睿冬坐在她的床邊，兩個人在這個向另一半借來的時空，共同分享著同一種甜膩的味道。

「如果是阿禾，他一定會擔心我肚子痛得更厲害而不准我吃雪糕。」夏晴舔著雪糕説：「但愈是不舒服愈需要這些東西撫慰呀。」

林睿冬點點頭，「有時候一廂情願地對人好，也會成為別人的負擔。」

「我可不可以問你一個問題？」夏晴幽幽地問。

「可以。」

「你為甚麼不能在一段關係裡面永遠專一？」

林睿冬沉默。

「你說我可以問的。」

「你可以問，但我不一定有答案。」

林睿冬背著她滑坐到地上，窗外的澄明月光，點亮了他的輪廓。

半晌之後，林睿冬低語：「可以的話，你會選擇你愛他多一點的人，還是他愛你更多的那個？」

「為甚麼不可以是彼此相愛，彼此珍惜，無論如何都不忍心傷害對方的人？」夏晴意有所指地說。

「因為這是不可能的，世界上沒有一段感情，雙方能夠付出同等份量的愛。兩人之中，必定有一個愛得比較多，而另一個就得承受超越他所能付出的愛。」

夏晴覺得茫然，談到被愛的時候，林睿冬說那是承受，而不是享有。

「沒有意義的，我們根本沒有選擇的權利。」她自暴自棄地說。

「有的，只不過看代價是甚麼。選擇一個他更愛你的人，意味著你選擇了一段安全的關係，你對他未必是愛情，更有可能是感激。」他頓了頓又說：「選擇一個你愛他比較多的，你可能會受傷，可能會失去，但他令你有多麼難過，就可以令你有多麼快樂。」

「你呢？你會怎樣選？」

林睿冬轉過頭來，把嘴唇印在她的唇上，她還未想清楚該回應還是推開，那唇上的溫度就已經離開。

「我選擇你。」

大門外傳來電子鎖解開的運作聲，Amber和阿禾的談笑由遠至近，半掩的房門被推開，大廳玻璃吊燈的光線潛進來，把滿室月色驅逐出境。林睿冬從地上站起身子，今夜他只是個替班，是時候把借來的獨處歸還。

看著林睿冬走出房間的背影，夏晴不知道自己應該選擇一段說「謝謝你」比「我愛你」更多的關係，還是一次刻骨銘心，永不痊癒的愛情。

Departure

PARIS FRANCE

Day 5

Destination

ÎLE DE LA CITÉ FRANCE

昨夜 Amber 和阿禾都喝了不少，兩人睡到中午還是帶著宿醉醒來，尤其不勝酒力的阿禾更是偏頭痛發作。

夏晴和林睿冬在屋內找出各種餐肉和茄汁豆等罐頭，連同冰箱裡的雞蛋果汁，湊合著為他們烹煮早午餐。

「我覺得我昨天已經花光這輩子可以喝酒的限額了。」阿禾坐在開放式廚房的雲石餐桌前，使勁揉著太陽穴。

「你才喝了幾杯耶大哥！」Amber 躺在客廳的長沙發上回道。

雖然不知道昨晚兩人發生過甚麼事，但夏晴明顯感覺到 Amber 和阿禾親近了不少。她並不打算問阿禾，反正發生在昨晚的事，就留在昨晚好了。

林睿冬在廚房乒乒乓乓地開合著各個櫃門和抽屜，自言自語道：「罐頭刀在哪裡呀。」

「在冰箱旁邊第三個抽屜。」Amber 隨口回答。

林睿冬停下了動作，半晌後從那個抽屜找出罐頭刀。

「我剛才翻抽屜想找找看有沒有 Panadol 時看到。」Amber 若無其事地補充。

吃過午餐，收拾妥當，已是下午時分，Amber 是巴黎常客，夏晴和阿禾也不是追景點趕行程的人，所以林睿冬提議左岸的西堤島隨便逛逛。

他們沿著左岸河道漫步，此時遊人不多，沿途風光正好，走著走著就到了大名鼎鼎的莎士比亞書店。

夏晴是和林睿冬看《愛在巴黎日落時》才認識這家書店，她知道林睿冬是故意安排這個行程的。可是他不知道的是，這家書店也同樣出現過在活地阿倫的《情迷午夜巴黎》，而這套電影，正是夏晴和阿禾的月老。

這部電影是在二〇一一年上映的，那時候，夏晴剛剛認識林睿冬，她不知道他們的將來會如何，也不知道在同一座城市，有阿禾這個人存在。

林睿冬不喜歡活地阿倫，認為他是個糟老頭，他有那麼多的不安和焦躁無處安放，於是通通放到電影裡頭，創作一個個神經質的角色代替他説出口，而無論他拍甚麼樣的故事，都離不開男女之間的那點破事。

「有一個說法是這樣的，」林睿冬戲謔道：「如果你在紐約的中央公園說活地阿倫的不是，坐在長椅上的老太太就會拿拐杖追打你。」

夏晴聽林睿冬侃侃而談活地阿倫的時候，還不明白這件事——林睿冬討厭的不是活地阿倫的電影，而是在電影中無處不在的焦慮和不安。那是他人生中最不需要的東西。

時間去到二〇一七年，尖沙咀一家唱片行宣佈即將結業，夏晴和林睿冬在這裡消磨過不少時光，因此她想過在最後一夜，回到那個地方，和老朋友道別，可是又害怕遇上林睿冬，畢竟花了那麼多時間才結疤的傷口，經不起一次偶然的碰面。

那夜夏晴待在工作室，把一磚磚手工皂切割包裝，重複而單調的工作能令她保持專注，然而在切了不知多少塊皂磚之後，她留下了一室狼藉，在唱片行關店之前，趕上見它最後一面。

其實唱片行早已是風燭殘年，長年的人煙稀少已經預視了它的命運，畢竟現代娛樂太多，時間太少，就連這最後一夜，也只不過比平日多了些許人，而且大抵是被門外的清貨減價海報吸引。

走在狹小的店內，每張唱片每隻影碟都被劈價求售，夏晴不禁猜想，如果到最後仍然無人問津，堆田區就是它們的最後歸處嗎？

「請問有沒有活地阿倫的《情迷午夜巴黎》？」一個穿著剪裁合度的西裝，聲線溫和的中年男人對夏晴說。

夏晴愣了好一會兒，才意識到自己竟穿著工作室的圍裙就跑了出來，大概這身打扮讓他誤以為她是這裡的員工。

「抱歉……那個……我不是這裡的職員……」

「不——抱歉的是我，」他狀甚尷尬，「真是失禮。」

夏晴看見對方一臉失措，自己也有點難為情：「不過我想你要找的電影在這邊。」

她領著他來到二樓靠牆的架子前，說是二樓，其實更像僭建的閣樓，他走在上面，還得低著頭才能走動。

「這店不像其他店，不會按導演或戲名的英文字母排列，總是亂糟糟的。」

「這也是一種尋寶的趣味吧。」他笑說：「為甚麼你不是員工但那麼清楚呢？」

男人長得並不英俊，可是他卻散發著一種親和力，若說那是溫柔，他又好像更沉著穩重，說他知性，他又彷彿帶點憨厚，但無論如何，夏晴對他的第一印象不錯。

「因為我是老顧客了。」

「那麼今晚你一定捨不得吧？」他指指牆上那張清貨告示。

「只怪它生不逢時。」夏晴悵然若失地說：「最好的日子，已經一去不返了。」

他沉吟了片刻，把手上的藍光影碟遞給她：「我覺得，今晚你應該看一看這部電影。」

「可是這裡只剩一張——」

「那你之後再還給我，好嗎？」

當晚夏晴回家看了這部電影。一個想寫出優秀純文學的荷里活編劇Gil，攜未婚妻同遊巴黎，他對自己處身所在的年代非常厭倦，在一個偶然的機會，他搭上了一輛古董汽車，穿梭到20年代，結識了大文豪如海明威和費茲傑羅伉儷等人，甚至愛上了畢加索的情人Adriana。

幾經幽默的波折，Gil和Adriana發展出感情，他們在午夜的巴黎閒逛，竟又登上馬車穿梭到一八九〇年代的紅磨坊，Adriana說這裡是她的黃金年代，但在這個年代的高更和竇加卻認為文藝復興時期才是最美好的Golden Age。

在片尾的那場巴黎夜雨和爵士樂中，夏晴明白了那個叫溫日禾的陌生男子的用意。過去之所以美好，是因為逝去和距離。若果永無止境地懷舊，只不過辜負了當下和將來的一切可能性。

莎士比亞書店在十九世紀二十年代由 Sylvia Beach 開設，是大牌作家如海明威、喬伊斯和福特的聚集地，不過在納粹德軍佔領巴黎時曾經一度結業，直至一九五一年，美國人惠特曼選址在巴黎聖母院附近重開，並秉承 Beach 的信念，供給旅人和年輕作家寫作及休息的地方，店裡其中一扇門上寫著：要對陌生人親切，他們可能是偽裝的天使。

店裡主要售賣英文書籍，每一個木頭書架、紙箱和椅子上都放滿了書本，阿禾這種愛書之人自然像孩子到了遊樂園般樂而忘返，而書店旁邊是新建的咖啡廳，四人買了蛋糕和飲品，找了張室外的長椅坐下休憩。

河岸風光明媚，遊人把手上的麵包捏成球狀扔到地上餵白鴿，那些呆頭呆腦的鴿子就追著麵包球跑，偶爾有幾個孩子搖頭晃腦地追趕牠們，一群白鴿就拍著翅膀低飛。

「看到岸邊那兩隻白鴿嗎？」Amber 問。

循著她手指的方向，只見有兩隻白鴿在交配。

「真的是要愛情不要麵包呢。」阿禾笑說。

「究竟為甚麼人們常常說愛情和麵包要二選一？反正我全部都要。」Amber 負氣地道。

林睿冬揶揄她：「你是鰲拜嗎？」

Amber 和阿禾都沒有看過周星馳的《九品芝麻官》，只有夏晴噗哧一聲笑了出來。

這種上鎖的笑話，只有真正靠近過彼此的人才擁有密碼。

今天的最後一站是巴黎地標艾菲爾鐵塔。林睿冬建議到夏佑宮，相比鐵塔前的那片常年躺滿人的戰神公園草地，夏佑宮的遊客較少，而且因為地勢較高的關係，站在夏佑宮廣場上，能夠遠眺鐵塔的全貌，以及把花園、噴水池及塞納河一次過盡收眼底，拼湊成觀賞巴黎鐵塔的最美圖畫。

在地鐵上，一群身形高大壯碩的黑人圍在門邊交頭接耳，目光如鼠地四處打量每一個乘客，令侷促的車廂散發著不安的氣息。

「以前就聽說過巴黎的治安不太好，而且地鐵站也的確有一股揮之不去的尿騷味呢。」阿禾連抱怨也讓人感覺他正在道歉。

「聽說巴黎雖然是許多人憧憬的浪漫之都，但也是票選最令人失望的地方。」夏晴說。

「你失望嗎？」林睿冬問。

「之所以失望，是因為有過期望吧，」夏晴說：「但在這個地方，我只是個遊客罷了。」

期望是一件弔詭的事，有了期望，人們才可以在絕望之中有了仰望和憧憬的想像，可是一旦抱了期望，往往就是失望和不幸的開始。

自從那天在戲院撞破了林睿冬和 Mae，夏晴就把自己封閉起來，她不去上學，也不去交際，只把自己關在房間，不斷回想到底是在哪一個時間點，她和林睿冬不再走在同一條平行線。

這是一種無止盡的折磨，你會不斷在腦海裡重播過去的每一個細節，質疑他的哪一句話開始是謊言，還有哪一個擁抱是帶著別人懷裡的餘溫，哪一次纏綿是從別人唇上複製的吻。你恨自己笨，但更恨他辜負你的信任，過去的一切分崩離析，你的現在支離破碎。

夏晴的母親敲敲門，端著冰袋和熱粥進來說：「快把粥和藥吃了，這燒要是再不退，我就要抓你上醫院了。」

夏晴自那天起一直持續在發燒，原來人太傷心時，身體是會倒下來的。

「還有，這些全是你的信。」母親把一堆信件輕輕放在書桌上，然後替她清走滿桌的紙巾團，苦口婆心地說：「不管男人做了甚麼，只要懂得回頭就好。」

夏晴從來沒有跟她說過林睿冬的事，可是做母親的，又怎會不明白女兒的心事，只是子女常常把父母當局外人或傻子而已。

每一封信都沒有印上郵戳，是林睿冬這些天來，天天親自放進她家郵箱的。他總是這樣，在任性地傷害了別人之後，用自己的方式去補償，像無賴般求你原諒。

她沒有勇氣打開信件，她知道裡頭有一種咒語，只要讀了，就會令她不計代價，不計前嫌，但她已經害怕再為愛情冒險。

可是在眾多信件中，夾有一個牛皮文件袋，裡頭是一張自己錄製的光碟。

曾經試過關上電話的人就會明白，消失只是為了在打開電話的一刻，發現有一個人不曾放棄呼喚你吧。

夏晴還是抵受不住林睿冬寄來的滿腔問號，她一邊擤著破了皮的鼻子，一邊在電腦上播放那隻光碟。

那是林睿冬從他們談戀愛以來所拍下的影片。每一次約會，林睿冬總會遲到，夏晴已經習慣守候適應失望了，卻不知道原來他就站在不遠處，拍下她等待的樣子。一幕又一幕的蒙太奇，裡頭全是夏晴期待的樣子、生氣的樣子、睡著的樣子，還有在每一次約會之後，他們揮手作別，而林睿冬還站在原地，目送她的背影慢慢走遠。

大概世界上沒有哪一個人，可以把她拍得更美，因為那是戀人的獨有視覺。

思念如病毒蔓延，她把信件一一拆開，林睿冬太狡猾了，把回憶當作武器，他秀麗的筆跡，寫在他們看過的每一場電影票尾。

夏晴帶著還發著燒的身體，跳上的士，來到林睿冬的家。

門鈴響了很久，林睿冬還是沒有來應門，夏晴心裡涼了一截。當她打算離開時，大門卻突然打開，一頂著頭亂髮的林睿冬站在門前，眼裡都是紅筋。

「為甚麼那麼久才開門？」夏晴委屈地問。

「這幾天我不斷聽到電話和門鈴，以為是你打來了，是你回來找我了，可是全都是我的幻覺，我以為這次也是。」

夏晴以為她的眼淚已經流乾，可是聽到他這句話，淚水像缺堤一樣湧出：「為甚麼你不能像普通人一樣愛我？」

林睿冬只管用力把她摟在懷內，任夏晴無力的拳頭搥打在他身上。

「為甚麼你要她？為甚麼？你說話呀？你說呀！」

林睿冬像個犯了事的孩子，他的聲音滿是歉意：「只有一次，真的，只有那一次。」

「是我哪裡不夠好？是不是我身材不好？還是我在床上不夠主動？」夏晴覺得自己一定是燒壞了腦子，但她已經理智得太久了。

「你不要這樣，不要再說了好不好？」林睿冬還是緊緊的抱著她。

夏晴使盡全身氣力推開了他，他們之間隔了一步，那一步，用了無數個承諾和擁吻來拉近，卻只需一個謊言就變得遙不可及。

「你們有沒有用避孕套？」她覺得尊嚴只是一個滑稽的詞，對她來說已經沒有任何意義。

「對不起……我們從新再來好不好？」

「告訴我，有，還是沒有？」

林睿冬閉上眼睛深吸一口氣：「沒有。」

夏晴覺得腦袋一片空白，胸口也像是被掏空了，只剩一具皮囊而已，她得到了想知道的答案，可是然後呢？

「你聽我說，要是我準備了避孕套，那才是問題不是嗎？我真的不是故意的，」林睿冬憔悴得老了十歲，他死命摟著她，對她說從來不曾說過的三個字：「我愛你，我愛你，我愛你……不要離開我……」

夏晴哭得累了，累得忘了是怎樣躺在林睿冬的床上，累得醒來時彷彿所有悲傷已經隨眼淚流乾，她沒有痊癒，她只是放棄感覺疼痛了。

「這幾天，你都在幹甚麼？」夏晴把棉被拉到脖子下。

林睿冬側身，用手托著頭說：「想你。」

「說謊。」她把被子蓋著頭。

「為甚麼？」

「都在你的腦子，你說甚麼也可以。」

林睿冬把她頭上的被子拉開，把身體壓在她身上說：「想你的時候，我都會背詞典。」

「我不信！」夏晴推開他。

「你可以考我。」林睿冬從床邊拿過一本厚重的現代漢語詞典。

「好呀，」夏晴隨手翻開一頁，「命運。」

林睿冬一字不漏地背出：「第九六〇頁，名詞，指生死、貧富和一切遭遇。迷信的人認為是生來注定的。例句：你是我的命運。」

「前面正確，但例句不是這樣寫的。」

「因為是我對你說的。」林睿冬看著她說。

「再來，」夏晴用詞典擋住他的視線，翻到另一頁：「那麼我的名字，晴和。」

「第一一一七頁，形容詞，萬里無雲，晴朗暖和。就像你在我身邊的日子。」

夏晴放下詞典問：「為甚麼想我就要背詞典？」

「因為所有我寫過的句子，都在想念你的時候學會的。」林睿冬緊緊抱著夏晴，像是深怕她從此消失不見。

衝著「夜拍巴黎鐵塔最佳位置」之名，來夏佑宮廣場的遊客也不少，不過比起戰神公園草地上密密麻麻的人頭來説，這裡的景觀已經很開揚了。

有人提著竹籃在四出兜售紀念品，籃子裡是巴掌般大的鐵塔模型，他們肆無忌憚地走近遊客身邊大聲叫賣，簡直是一種滋擾。唯獨有一個矮小的黑人不同，他堆著尷尬的笑容，始終和別人保持著幾步距離，用不流利的英文客氣地問道：「Good afternoon Sir, would you like to buy some souvenirs?」

Amber 逕自走到他身旁，從手袋掏出硬幣，買下幾個不知有何作用的鐵塔鎖匙圈。那男人笑起來牙齒很白，他始終保持著笑容，數著模型一字一頓地說：「One, two, three, four. Here you are Miss.」

當夕陽低垂，巴黎鐵塔的橙黃燈光亮起，鐵塔上的六千顆燈泡也跟著閃亮登場，上演為時五分鐘的燈光秀。

整個夏佑宮廣場平台都圍滿了人，大家的目光都被閃閃生光的鐵塔吸引，Amber 在人潮簇擁之中，拿出剛才買的鐵塔鎖匙圈，說：「喂，林睿冬。」

「嗯？」

Amber 把鎖匙圈上的鐵塔拆走，然後把銅圈套上林睿冬的無名指道：「不如我們結婚。」

林睿冬以為她在開玩笑：「為甚麼？」

「我懷孕了。」

林睿冬和 Amber 回到房子後就一聲不吭地進了房間，夏晴整晚都在留意門後的動靜，卻只隱約聽到他們細碎的談話聲。

阿禾忽然問夏晴：「你覺得生孩子好嗎？」

「那是他們的事。」夏晴態度冷淡。

「我說的是我們，」阿禾坐在她旁邊，「將來要不要生小朋友？」

「我沒有想過這個問題。」夏晴覺得心煩意亂。

阿禾用遙控器打開電視機，漫無目的地不斷轉台，電視上閃過一張張陌生的臉孔，蹦出一句句陌生的語言。

「我呀，倒是想了很多，」他的眼睛一直盯著電視，螢幕上的光影打在他的臉上，看不出是甚麼情緒，「我想好了將來要和你住在怎樣的房子，想好了牆紙的花紋、沙發的顏色，我甚至想過孩子的名字，我覺得我們會生一個女兒，叫溫柔。」

「你平日都這麼忙了，怎麼還有時間想這些事。」夏晴的心柔軟了，語氣也緩和了不少。

「每次當你已經睡了，而我還得熬夜工作的時候，就靠這些想像撐下去。」阿禾朝她燦然地笑。

夏晴記起當初就是因為這個笑容，讓她喜歡上這個如冬日陽光的男人。

林睿冬想念她的方式是背詞典，而阿禾掛念她的時候，會為他們的將來而努力。林睿冬帶給她的，只有揮之不去的陰影和過去，而阿禾卻用盡全力，為她準備了一個光明而溫暖的將來，並且站在原地，一直等待。

——————

林睿冬和 Amber 在房間內，空氣如凝固一般。

「你沒有話要問我嗎？」Amber 面無表情地說。

「餓不餓？」林睿冬站起來穿上外套，「我去買點東西給你吃。」

「你是真的餓了，還是只想逃避？」

林睿冬停下正在扭開門把的動作，他坐回床邊，從外衣口袋翻出煙包，拿著火機的手剛想點煙，卻忽然想起甚麼似的，把煙和火機都拋到床頭櫃上。

「你是甚麼時候發現的？」他平靜地問。

「Seriously? 第一個問題是時間？」Amber 說：「很重要嗎？」

「你不是一直有吃藥嗎？」

「所以你怪我？」

「不，」林睿冬沉吟了一會：「我怕他會怪我們。」他指了指 Amber 的肚子說。

林睿冬嚥了口水，盡量心平氣和地說：「你和我真的準備好當父母了嗎？我們對自己的明天也沒有概念，真的可以對另一條生命負責任嗎？」但他愈說愈激動，「把他帶到這個……這個充滿惡意和不幸的世界真的是對他好嗎？」

Amber 直視他的眼睛說：「所以你的意思是打掉。」

「別這麼快去到結論。」

「你是害怕生活要改變，還是因為你不夠愛我？」

「多少才叫足夠？」

Amber 連鞋子也沒有脫，她就這樣直接平躺在床上，看著天花板說：「你知道嗎，其實我不是獨生女，我有一個姐姐的。」

林睿冬也躺到她的身旁，眼睛和她一樣盯著同一個地方，彷彿只要夠專注，在那裡會有他們需要的答案，「我沒有見過。」

「我也沒有。」她說：「她一出生就有重型地中海貧血，醫生說只有兩個辦法，一就是終生都要接受輸血和藥物治療，二就是換骨髓，而兄弟姐妹的臍帶血是其中一個選擇。」

林睿冬盯著天花板上的一道微細裂縫，他知道這條細縫一定會慢慢裂得更長更深。

「因為爸爸媽媽都是隱性的地貧患者，那麼孩子就會有四分之一機會是重型地貧，四分之二是輕型，只有四分之一機會完全正常。所以說，他們要生出一個健康的寶寶，而寶寶的骨髓和姐姐吻合，做手術後不會產生排斥，可以說是一場勝算極低的賭博。」

「可是他們仍然下注了。」林睿冬說。

「其實他們賭贏了，我只有輕型地貧，和姐姐的血幹細胞也吻合。可是，還未等到動手術，姐姐就已經離開了。」

「你是說，因為你有輕型地貧，所以擔心孩子生下來會受苦？」

「我是說，他們對姐姐的愛，多得足夠生下另一個可能有病的孩子。」

「這未必是愛，只是自私。」

「哪一種愛不自私？」

人們以愛之名所做的每一件事，都只是因為不想失去而已，再堂皇的說法，說穿了也是出於自私。

林睿冬語塞。一直以來，他以為Amber之所以有這種灑脫和及時行樂的個性，是因為她在充滿愛的健全家庭長大，但原來包圍她整個成長階段的除了父母滿瀉的溺愛，還有如影隨形的死亡。

「我想生下來。」Amber說，「就算是自私，我也想給他全部的愛。」

林睿冬的右手背貼著Amber的左手，沉默良久之後，他終於輕輕牽住了她。

Departure

ÎLE DE LA CITÉ FRANCE

Day 6

Destination

MONTMARTRE FRANCE

「我看我們今天還是不要打擾他們了，不如去羅浮宮看看？那天你不舒服所以還未去看過。」阿禾對在廚房裡吃著果醬吐司的夏晴說。

「但今天是最後一天在巴黎了，我一直很想到聖心堂和紅磨坊看看。」

阿禾自責地說：「抱歉，都是因為我拿不到假期，弄得行程這麼趕。」

「能夠把你這個工作狂拉上飛機，我已經功德無量了。」夏晴笑說。

「那今天就去聖心堂吧，我來當你的導遊。」阿禾的心情看起來很愉快。

「要不要跟他們說一聲？」夏晴指指林睿冬的房門問。

「我來給 Amber 傳個訊息吧。」

「你們甚麼時候變得那麼要好了？」夏晴佯裝生氣問：「在晚會上是不是偷偷做了甚麼事情？」

「是的話，你會原諒我嗎？」

夏晴沒料到一向木獨的阿禾會說這種話，她這刻才想到，阿禾一直都是那麼專一穩重，從來沒有一刻讓她擔驚受怕過，這難道不是她一直在林睿冬身上渴求的東西嗎？要是阿禾像林睿冬一樣出軌了，她會有足夠的愛去原諒他嗎？抑或說，她對他的愛，強烈得會讓她去恨他嗎？

在夏晴腦中一直想著這些問題的時候，阿禾卻伸出溫暖厚實的大手，撫著她的頭說：「但我呢，是一定會原諒你的。」

——————

乘地鐵到蒙馬特，一出站已經可以感覺到街頭氣氛的轉變，如果說巴黎市中心是浪漫優雅的貴族，那麼這片高地就是自生自滅的野子。

從 Anvers 地鐵站口隨著如鯽人流往北走，沿路石板街兩旁都是攤販和商店，售賣明信片和紀念品，十分鐘不到，已看見拜占庭式建築的聖心堂矗立在半山腰上。

「那麼多級樓梯，是時候讓你這書生做點運動了。」

才走上階梯沒幾步，已有四五個吉卜賽人蜂擁上來把他們兩人團團圍住，他們口裡嘰嘰咕咕説著不知是法文還是英文，邊把幾條彩帶往夏晴手腕上綁，其中一個高個子成功綁上了手帶，就攤大手板索價：「20 Euro!」

「太貴了，這是勒索！」夏晴一邊説一邊試圖把手繩脱下，可是那居然是個死結，無論如何用力也解不開。

「20 Euro!」那男人步步進逼。

「Take it back or we will call the police.」阿禾摟著夏晴，不讓別人碰到她。

「10 Euro. Cheaper. 10 Euro. One for your girlfriend one for you.」

想不到那吉卜賽人還挺會做生意，別人都威脅要報警了，他還在殺價。

階梯上人流頗多，可是無人施以援手，大家都對這群手繩黨的作為見怪不怪了。最後阿禾無計可施，掏出10元紙幣就拉著夏晴快步逃走。以為脫了身，誰知剛才那高大的吉卜賽人三步併作兩步追上來，阿禾想也不想就擋在夏晴面前，但原來那人只是把另一條手繩交給他道：「One for your girlfriend one for you.」然後咧出滿口黃牙走了，繼續在階梯上尋找下一個目標。

兩人看著那條手繩哭笑不得，夏晴替阿禾戴上說道：「也許就像賣旗一樣，別的同黨看見我們已上當了就不會再打我們的主意。」

「你確定嗎？還是會覺得我們笨得可以再敲詐一遍？」話雖如此，阿禾還是乖乖的伸出手來讓夏晴替他戴上手繩。

是的，夏晴總是天真地以為，只要被騙過一次，騙子就會心軟，可是現實往往卻是，選擇寬恕的人，總是一次又一次地被騙。

夏晴還是原諒了林睿冬，而林睿冬為表決心改過，也辭去了戲院的工作，沒有再和 Mae 聯絡。那段日子，他像是換了個人似的，對夏晴付出了前所未有的關注和耐性。

辭了帶位員的工作，林睿冬的生活愈見捉襟見肘，夏晴動用在學校裡僅有的人脈，接來一些在家翻譯的工作，為了顧及林睿冬的自尊心，她說自己臨近畢業，既要準備畢業論文，也要不斷面試找工作，所以把翻譯都交給他負責。

其中一份工作的中間人 Clementine 是夏晴的師姐，比她大上好幾屆，畢業後在 4As 廣告公司任職，幾年下來就已經爬上了助理創作總監的位置。因為交給夏晴負責的稿件譯得又快又好，字裡行間看出文筆和語感都一流，幾趟下來，她便提出聘請夏晴當全職文案。

夏晴親自約見了 Clementine，和她説明了實際情況，並且極力推薦林睿冬，最後 Clementine 聘請了他。

林睿冬在文案部雖然是新手，可是他進步得很快，寫的文案屢次被客户選中，彷佛把這段日子以來所有荒廢了的寫作靈感都投進去。那段日子，夏晴覺得他們又回到了大學年代，回到了那段對前途仍然保有幻想的時光。

可是廣告行業總是日夜顛倒，公司彷佛成了林睿冬另一個家，他和同事見面的時間比見夏晴還要多。就算難得的假期，林睿冬的電話訊息也從未停過，夏晴對此頗有微言，但她不想成為那種無理取鬧的女朋友，所以只是撒嬌道：「你放假就不能只是屬於我嗎？」

「那麼請問夏小姐是要包起我嗎？」林睿冬最近心情都很好。

「是，我要包起你整個人。」

「我收費可是很貴的。」林睿冬把電話翻轉放下。

「多少錢？」

他把臉埋在她的頸項，聞著她的髮香說：「你的全部。」

林睿冬一直主導著這段關係，直至夏晴偶爾發現了讓林睿冬更愛她的方式。

大學畢業後，她應徵了電影公司的字幕翻譯，不僅可以寓工作於娛樂，更讓她的世界出現了林睿冬以外的選擇。

公司裡有一個叫琛仔的副導演對夏晴有好感，幾次邀約她都不成。某次因為負責一部外國大片的翻譯出了小車禍，所以翻譯工作交給夏晴接手，但是這樣一個轉折之後時間所剩無幾，而且大片不像獨立電影，因為保密原因所以不會讓譯者把試看片帶回家，所以夏晴就得漏夜在公司看試片，並在當晚完成餘下的校譯。

琛仔買了宵夜獻殷勤，夏晴餓得肚子打鼓，但又不想他誤會，所以堅持要付錢。琛仔答應收下，不過條件是要和她一起吃。整晚相處下來，夏晴才發現這人年紀居然比自己還要小半歲，但因為很早就輟學入行，又願意吃苦，所以二十出頭就已經爬到這個位置。

幾經辛苦終於完成任務，琛仔堅持開車送夏晴回家，走到停車場，才發現原來是電單車。

「會怕嗎？」他從車尾箱取出頭盔。

「一點點。」她點點頭直說。

「那我開慢一點。」

夏晴已累得眼睛都快要睜不開了，接過琛仔的頭盔就上了車。

深夜的街道空無一車一人，他們像末世電影裡的男女主角，千萬盞路燈守護這個淪陷了的城市，他們在月色下飛馳，撲面涼風令她心情舒暢不少，原本僵硬疲憊的身軀也放鬆下來。琛仔似乎也感受得到，他對夏晴說了幾句話，可是呼嘯風聲吞噬了他的句子。

「你說甚麼？」夏晴高聲問。

琛仔張開喉嚨大叫：「我說！要不要開快一點？很刺激的！」

「好！」夏晴也大聲回話。

「那你捉緊我呀！」

電單車像頭桀驁不馴的野獸，在瀝青鋪成的森林裡恣意奔馳。

那時候夏晴和林睿冬已經同居了，電單車去到樓下，夏晴把頭盔還給琛仔說：「謝謝你。」

琛仔掀起頭盔的膠片說：「下次可以再送你嗎？」

夏晴剛想告訴他自己已經有男朋友了，但琛仔不等她回答就搶著說：「作為車費你不能拒絕呀，拜拜！」然後就駕著電單車飛也似的走了。

夏晴打開家門，林睿冬已經躺在床上睡了，玄關留了一盞小燈——只要誰還未回家，另一個人就會把燈亮著——夏晴把燈關了，躡手躡腳地鑽進被窩裡，那裡有林睿冬的氣息。

「你還未洗澡。」林睿背著她冷冷地說。

「你是糾察隊還是訓導主任，人家很累嘛。」夏晴耍賴道。

「快去。」他依舊沒有轉過身來。

夏晴碰了一鼻子灰，不情不願地起來找換洗的衣服時，摸到床頭燈的燈泡還是熱的，那說明剛才這盞燈一直亮著。

「你是不是在等我？」夏晴揭開林睿冬的被子淘氣地問。

「誰等你了。」

「你站在露台等我，看見有男生送我回家對不對？」夏晴笑嘻嘻地問。

「自作多情。」

「你吃醋了嗎？」夏晴把林睿冬翻過身來，抱著他問道。

「以後要是太晚下班，讓我去接你，多晚也可以。」林睿冬認真地說，他的眼裡只有夏晴的倒影。

頭一趟，她感受到林睿冬是確實愛她的，也是第一次，她嚐到了被著緊的滋味。

「知道了。」她像隻貓般賴在他的胸口上。

「那現在快去洗澡。」

「你真的很囉嗦呀大叔，就不能讓我好好享受這一刻嗎？」

「我不喜歡你身上有他的味道。」

「你是小狗嗎？」

「是呀，是隻被主人遺棄在家的小狗。」林睿冬眨著他那雙憂鬱的眼睛巴巴地說。

那天晚上的林睿冬比任何時候都還要熱情，他們吻了一遍又一遍，汗水乾了再流，情話和耳語像一千零一夜的童話故事，直到累極而睡也說不完。

夏晴以為妒忌可以使浪子靠岸，但是她搞錯了，妒忌不是他們的岸，而是翻騰的怒海，會淹沒他們的將來。

她常常有意無意地把工作上遇到的人事告訴林睿冬，向來深居簡出，目不窺園的她也開始隨琛仔參加公司的聚會。在一次大型慶功派對上，夏晴碰到了同是項目協辦的 Clementine，兩人自從那次引薦林睿冬後已經再沒有見過面，夏晴走上前去打招呼，Clementine 看見她的時候神色閃過了一剎的不自然，雖然那是極短暫的微表情，但夏晴還是捕捉到了。

回家以後，夏晴在浴室發現一盒隱型眼鏡，而林睿冬是沒有近視的。

「這是誰的？」

林睿冬不擅長説謊，所以他選擇沉默。

「是 Clementine 的對不對？」

他沒有否認。

「為甚麼要是她？」夏晴目光呆滯，她看著林睿冬，卻像看不見他一樣：「為甚麼你公司那麼多人，偏偏要是她？你是怕我想像不到你們摟在一起大汗淋漓的樣子，所以一定要選一個我介紹你們認識的人對不對？」

「不是這樣的——」林睿冬過來拉夏晴的手。

「放開我！」夏晴一手甩開他，「為甚麼你答應我的事你都做不到？為甚麼你不能專心一意愛一個人？」

「我累了。」林睿冬頹唐地說：「你總是提著我做錯過的事，就算你沒有說出口，你的心裡都時刻記著。在你身邊，我永遠是一個罪人。」

夏晴冷笑一聲，用沙啞的聲音問：「所以到頭來也是我的錯？」

夏晴忘了自己是怎樣離開那個和林睿冬一同佈置一同生活的家，她也忘了自己是怎樣回到家裡的床上。

曾經聽說過，一個人太傷心的話，腦袋就會啓動保護機制，自動刪除那段痛苦的記憶。可是為甚麼不刪去兩人快樂的記憶呢？會這樣傷心都是因為曾經那麼快樂過吧？

——————

進到聖心堂內部，夏晴和阿禾在聖像前的長木椅坐下，仔細欣賞教堂內的圓形穹頂和鑲嵌壁畫，有婦女在低聲頌禱。

阿禾輕聲說：「其實我一直都認為，宗教是給軟弱的人的救贖。」

夏晴心裡一怔，這句話林睿冬也跟她說過，只不過林睿冬的態度是不屑，而阿禾的語氣是同情。他們就是如此相似，卻又那樣不同。

「所以你沒有信仰？」夏晴問。

「我沒有信仰，但我也有軟弱的時候。」

「例如？」

「想到如果你要離開我的時候。」

「你的意思是說，要是我們分手了，你就會變成很虔誠的基督徒了嗎？」

夏晴感覺阿禾有話想說，她不知道那是甚麼，只知道無論是甚麼她也不想聽，所以用玩笑帶過。

阿禾畢竟是體貼的，他意會到夏晴的意思，所以也不再說下去了。

「咦——我的電話不見了！」夏晴摸摸口袋發現。

「我的也是……」阿禾霍地站起，「是剛才那幫手繩黨吧？」

兩人立馬走出去階梯，看到剛才那群吉卜賽人還在四處勾搭生意。

「等等——」夏晴拉住阿禾的手問：「你打算就這樣走過去嗎？」

「日光日白，他不會殺了我吧。」

阿禾走到剛才那個高大的吉卜賽男人身邊，足足比他矮了半個頭，他不卑不亢地說：「I know you have taken our phones.」

男人連眼尾也沒瞧他一眼，繼續叫賣。

「Could you please give it back to me?」

「I have no phones.」男人聳聳肩走開了。

「I will call the police.」阿禾亦步亦趨。

「How can you call the police with no phone?」男人説完這句，所有手繩黨都發出嘲諷的笑聲。

「I don't want any trouble.」阿禾語氣堅定地説。

男人附近的同黨全走過來，把阿禾團團圍住，用他們聽不懂的語言叫囂著。

夏晴在後面勸道：「算了吧，我們走了好不好？」

「不行，一定要拿回來。」阿禾不知從哪裡來的倔強，他拿出銀包裡幾張鈔票道：「Give me a price. I need to get my phone back.」

夏晴慌忙帶著一個穿警察制服的人向這邊趕來，那群吉卜賽人發現了狀況，其中一個男人一拳打到阿禾的臉上，連眼鏡也掉到地上，同一時間，一個只有八九歲大的小孩在從阿禾手中搶了鈔票便跑。

當警察趕來時，那群人已經作鳥獸散。

「你為甚麼一定要拿回電話，幾千元罷了啊……」夏晴心疼他的傷。

「裡頭有很多我們的照片，多少錢也買不回來的。」阿禾戴回跌破了鏡片的眼鏡說。

她開始明白林睿冬為何說被愛是一種承受，原來被一個人這樣愛著，而不能報以同等的愛的時候，那不是甜蜜，而只有內疚。

林睿冬整夜斷斷續續作了很多細碎跳躍的夢，他和 Amber 一直睡到下午才爬起床，發現阿禾和夏晴已經留下短訊外出了。

他們訂了明天的機票回港，然後出發去 Amber 最愛的酒吧吃簡餐。

「吃這些垃圾食物真的好嗎？」林睿冬看著餐牌問。

Amber 笑說：「我餓得可以把你也吃掉，快點餐！」

酒吧內本來正播著足球比賽，忽然畫面一轉，插播一段突發新聞報導，只見畫面一片混亂，途人四處走避，街上火光熊熊。

「新聞在說甚麼？」Amber 問。

他們聽不懂法文，所以林睿冬立即用電話上網查看外媒突發報導，得知是巴黎剛才發生懷疑恐怖襲擊，一名男子在市內投擲燃燒彈，並用手槍掃射途人，暫時未知傷亡人數。

「他們是不是去了那區？」林睿冬面色發白地撥打夏晴和阿禾的電話，可是電話一直無法接通。

「要不要去打去大使館求助？」

林睿冬的眉頭緊鎖，他低著頭發瘋似的在按電話，突然停下動作：「WhatsApp 的定位……」他面無血色：「她現在的位置就在那邊……」

酒吧老闆這時用湯匙敲著玻璃杯請所有客人注意，他用法文和英文各説一遍，説傳聞今天可能還會發動第二輪襲擊，所以請大家盡快離開，回到安全的地方。

林睿冬由始至於都在撥打著夏晴的電話，聽完老闆的説話後，他想也沒想就奪門而出，留下 Amber 一個人在酒吧。

夏晴和阿禾一打開公寓大門，就見到 Amber 坐在客廳沙發上抽煙，垂下的窗簾被微風吹得時而靜止時而鼓動，屋內煙霧彌漫，地板上灑了幾灘紅酒。

「林睿冬呢？」夏晴問。

「找你們去了。」Amber 吐了一口煙：「應該說找你才對。」

「找我們幹甚麼？」

「你們沒有看新聞嗎？」

「我們的手機被偷了，不過剛才地鐵站很擁擠，班次也非常混亂，發生了甚麼事？」阿禾問。

「所以只是偷了電話的人去了那區？」Amber 像聽到有趣的笑話一樣捧腹大笑，指頭夾著的香煙掉了滿地灰，她打開電視機，讓他們自己看新聞畫面。

夏晴呆看著混亂的場面，憂心如焚地問：「你說他去找我們了，那麼他去了現場嗎？他會有危險嗎？」

Amber 沒有回答，她按熄煙頭，一個勁地拿著電話低頭打字，然後又重新點了一根煙才說：「我已經通知他回來了。」

兩人感覺到氣氛怪異，面面相覷，Amber 卻站起來，走到廚房拿了兩隻高腳玻璃杯，悠然自得地倒了兩杯酒遞給他們說：「Cheers!」

林睿冬匆匆趕回來，一開門就見到夏晴和阿禾以疑惑的眼光看看他又看看

Amber。

Amber 笑說：「回來了，皆大歡喜，有情人終成眷屬，Happily ever after!」

林睿冬皺著眉，語氣中頗帶斥責：「你怎麼在喝酒吸煙？對孩子不好。」

Amber 聳聳肩說：「跟你沒關係吧？」

屋子裡的氣氛跌到冰點。

「你喝醉了。」林睿冬把她從沙發上扶起，「回房間吧。」

「你要跟我還是跟她進房間？」Amber 指著夏晴。

「別發酒瘋。」林睿冬的臉已經是鐵青色的。

「阿禾呀，要不要我們交換 Partner 試試看？」Amber 甩開林睿冬的手說。

「別管她。」林睿冬對阿禾說：「這是我們之間的問題。」

「別裝了！」Amber 嚷道：「我從第一天就已經知道你們的關係！不然你以為為甚麼我會邀請他們？我不能讓她像姐姐那樣，她不在，所以永遠都在……我以為面對面我就會贏呀……我真的是這樣以為呀……」

「我們只是前度……」夏晴想到身邊的阿禾並不知情，她忽然不知從何說起，也不知應該如何解釋。

「他在最危險的時候，把我一個人扔在外面，只是為了去找不知是生是死的你。」Amber用手背抹掉了眼淚鼻涕冷笑，「你說你們只是前度？」

夏晴和林睿冬對看一眼，千言萬語，欲說無從。

「還有你，」Amber對阿禾說：「你是男人嗎？為甚麼你不努力爭取？做好人沒有獎的！你求婚了沒有？」

Amber在阿禾的身上亂摸一通，阿禾不斷撥開她的手，林睿冬想上前拉開Amber，情況混亂之下，一個絨盒掉到地上。

阿禾俯身拾起絨盒收回口袋裡，他尷尬地笑説：「好像不是合適的時機。」

夏晴想起在教堂裡阿禾欲言又止的模樣，她低聲對他説：「很抱歉，一直沒有告訴你……」

「其實我也一早猜到了，就在他濕疹發作那晚。」阿禾勉強牽起笑容，「我以前問過你為甚麼會學做手工皂，你支支吾吾沒有回答我，其實他就是你的答案……但我OK的。」

「你不需要勉強自己原諒我——」

阿禾打斷她的話道：「我不需要原諒你，但我需要你。」

良久，她用幾近無聞的聲音說：「對不起。」

在這段關係裡面，夏晴對林睿冬說過最多的是「謝謝你」，而最後，她只能對他說一句「對不起」。

「所以現在是怎樣？《真情》嗎？還是《愛回家》？」Amber 拍著手道。

「那你想怎樣？」林睿冬終於開口。

「我想怎樣？我想在飛機上沒有遇到他們，我想自己沒有自作聰明邀請他們，我想從來沒有認識過你，不，我應該想你剛才就遇到恐怖襲擊死了！」

「你可以恨我，但孩子呢，我不想他像我小時候一樣。」

「這就是你求人原諒的方式？」Amber說：「如果這是你唯一的Concern，那麼你可以鬆一口氣了，我根本不知道孩子是誰的。」

Departure

HONG KONG

Flight BA028 | Boarding 11:45 pm

Day 519

Destination

LONDON UNITED KINGDOM

Flight BA028 | Arrival 5:30 am

Day 519

「她這麼說，你們就相信了？」

夏晴在候機室啜飲著杯裝咖啡，旁邊的老太太則擎著一杯鮮榨果汁，夏晴體貼地為她向店員拿了飲管。

「你覺得她說謊？」夏晴問。

「不是不是，我老人家電視劇看太多了。」老太太擺著手說。

「我很不智吧？」夏晴自嘲道：「拒絕了阿禾，選擇了林睿冬。」

「理智是用來做生意的，談戀愛呢，本就應該感情用事。」老太太笑說：

「你去倫敦旅行還是公幹？」

「我們去結婚。」夏晴低頭，笑臉如靨，「那你呢？為甚麼一個人去旅行？」

「我不是去旅行，我是來參加喪禮的。」老太太說：「那年我在兩個男人之間，選了我現在的丈夫。他不是最好的情人，但一定是最好的丈夫和爸爸，這些年來，他從沒讓我過上一天委屈的日子。直到我收到一個訃聞，我才知道，原來我唯一想過的，就是我放棄了的那種生活。」

「那……他等了你一輩子嗎？」

「那是小說才有的至死不渝，我們畢竟是人，會累會寂寞會氣餒。」老太太吸著果汁，「在喪禮上，我見到了他的太太和兒子，我不肯定她知不知道我是誰，不過都不重要了，我只是想來跟他說一聲再見。」

「你丈夫知道你來這裡嗎？」

「他知道，那天是他開車送我到機場的。」老太太頓了一頓，「趁有時間，選擇一種想要的生活吧。」

「就算那種生活是快樂和痛苦各佔一半？」

「傻女，有時候，痛苦比快樂的比例高得多呢！」老太太笑說：「但是值不值得，只有你說了算。」

搭乘 BA028 前往英國倫敦的乘客，現在開始登機。

機場的登機廣播響起，老太太問：「你還不上機嗎？」

夏晴說：「我在等一個人。」

在候機區的乘客已經魚貫地上機了，夏晴坐在空無一人的椅子，把玩著手上的訂婚戒指。

前往英國倫敦的航班 BA028，第二次召集，乘客請盡快上機。

夏晴知道，選擇林睿冬是一場賭博，而每個輸得傾家蕩產的賭徒在下注之時，都相信今次就是贏的那一次。又或者，贏輸根本就不重要，重要的是，她願不願意走上命運的賭桌，用青春作賭注，再冒一次險。

前往英國倫敦的航班 BA028，最後召集，請所有乘客盡快上機。

夏晴一直一直看著閘口，她相信，林睿冬一定會趕來的。

—全書完—

前度旅行

作者：陳熲 @tbc…
編輯及校對：席
封面及內文設計：joe@purebookdesign
出版：孤泣工作室
地址：新界灰窰角街 6 號 DAN6 20 樓 A 室
發行：一代匯集
九龍旺角塘尾道 64 號龍駒企業大廈 10 樓 B & D 室
承印：美雅印刷製本有限公司
地址：九龍觀塘榮業街 6 號海濱工業大廈 4 樓 A 室
出版日期：2019 年 7 月
ISBN 978-988-79939-0-2
定價：港幣 $88

孤出版
孤出版
lwoavie.ph
tbc...
www.tbcstory.com